村上春樹 翻訳ライブラリー

滝への新しい小径

レイモンド・カーヴァー

村上春樹 訳

中央公論新社

滝への新しい小径　目次

III

IV

V

VI

滝への新しい小径

テス、テス、テス、テス

贈り物

幸せな一日。
霧は早いうちに晴れ、私は庭仕事をしていた。
忍冬《すいかずら》の花の上にはハミングバードが止まり浮かんでいた。
手に入れたいものなんか、私には何ひとつなかった。
誰のこともうらやましいとは思わなかった。
嫌なことはあったにせよ、みんな忘れた。
かつては私も同じ人間であったんだと思っても、べつに恥ずかしいとは思わない。
私は身のうちに苦痛というものを感じなかった。
身を起こすとそこには、青い海と帆が見えた。

チェスワフ・ミウォシュ

イントロダクション

テス・ギャラガー
（村上春樹訳）

これは最後の本である。そして最後の「何か」というものは、それだけで自立したものとしてそこにあることを我々は思い知る。それらは我々の介在を必要とはしない。しかし我々の側の必要性によって、我々はそれをひとつの記念物に仕立て上げ、その「最終性」をより際立たせようとする。我々のまわりを取り囲み、あらゆる死がその中心に含む命題――「人生にはどのような意味があるのか？」という命題――へと我々を引き戻すその最終性をだ。レイモンド・カーヴァーはそれに対する自らの回答を実際に生き、そして書き記した。「私は常に無駄遣いをしてきました」と、彼はあるインタヴューで語っている。その舵取りは疑いの余地なく、高尚で優雅な生き方というには程遠い苦難の旅路を彼にもたらすことになった。彼の場合、それはほとんど法則に近いものだった。カーヴァーの法則、というところだ。「将来を夢見て蓄えることなく、いま自分の中にある最良のものを片っ端から使う。先になればより良きものが来ると信じる」ということ。彼のお気に入りの煙草の箱にさえ、そのような彼の信念が命令法で印刷されていた。NOW、と。

この本を完成させようとする中で、私たちはそのような訓令が次第に強さを増しながらひしひしとのしかかってくるのを、いやおうなく感じることになった。レイは一九八七年の九月に吐血したあと、肺癌の診断を下された。それはチェーホフの死に先立って起こった出来事に（レイは『使い走り』という近作の中でチェーホフに敬意を捧げていたのだが）気味が悪いくらいよく似ていた。その後十ヵ月にわたる闘病生活がつづけられたが、その間に癌は脳に転移して脳腫瘍となった。三月の初めのことである。複数の医師による脳手術の勧告を二度断ったあとで、彼はみっちり七週間かけて、脳全域にわたる放射線治療を受けた。短い小康状態はあったものの、やがて六月の初めに再び肺の中に癌が発見されることになった。

それが、その当時の状況だった。私たちをリアリストにするに十分な――もしそれまでの私たちがリアリストではなかったとしたらということだが――状況である。にもかかわらず、ちょうどチェーホフが、結局そこで死ぬことになる町から出ていく列車の時刻表を読みつづけたように、レイは仕事をやりつづけ、計画を立てつづけ、自分に残された時間の重要性を信じつづけた。そしてまた彼は信じつづけた、何かの運命の変転によって自分がこの窮地を脱することができるかもしれないと。あとになって彼のシャツのポケットの中に私は買い物のリストを見つけたが、そこには「卵、ピーナッツ・バター、ホット・チョコレート」とあり、それからちょっと空白を置いて「オーストラリアにするか？　南極にするか？」と書いてあった。自分には逆境をのりこえて、回復を可能にする力があるのだという執拗なまでのレイの信念は、その闘病生活を通して、私たち二人に強さを与えてくれた。日誌の中に彼はこう書いている、「希望が消えてしまったときには、藁にもすがるということが究極の理性なのだ」と。かくのごとく彼は希望というものを、意思表示から生まれてくるものとして、遠くに、遥か遠くにまで手を伸ばすこととして捉えて生きた。約束された対象が幻以外のなにものでもなかったにもかかわらずだ。それに代わる選択肢といえば、死を受容することだったが、まだ五十歳になったばかりの彼にはそれは無理な相談だった。日誌の別の記述は、病気の進行がだんだん早まっていくことに対する彼の苦悩を見せつけている。「もう少し時間があればと思う。五年とは言わない――三年もなくてもいい――何もそこまで求めない。でもせめてあと一年あればと思う。あと一年、自分が生きていられるということがちゃんとわかりさえすれば」

スティーヴン・スペンダーの『日誌・1939―83』に触発されて、一九八八年の一月から彼は日誌をつけはじめた。脳腫瘍の存在が明らかになったことによって、その三月にそれは中断されたが、その後、別のノートを使って再開されることになった。しかし当面のところ我々の関心は、ハートフォード大学（そこでレイは五月に文学博士号を受けることになっていた）の卒業式のための小冊子に彼が書くことになっていた短いエッセイの下書きに向けられることになった。

この時期の大半、私はチェーホフの短篇に夢中になっていて、エッコ・プレスから出ている全集を次から次へと読みまくっていた。そして、彼が私の詩の本から引き出してエッセイの冒頭にエピグラフとして使うことにしていた聖テレサの言葉（「言葉が行いを導くのだ……言葉が魂に準備をさせ、用意を整わせ、それが優しさへと動かす」）の意味を際立たせるために、『六号室』の中から二ヵ所の部分を私はレイに見せた。レイはこれらのチェーホフの一節《パッセージ》を自分の作品に組み入れたわけだが、結局これが始まりとなって、私たち二人は最後の最後まで寄り添うことになるかけがえのない魂の同伴者を得ることになったし、また彼が本書を執筆する上でもそれは重要な役割を果たすことになった。

私たちが二人とも『六号室』のこのふたつの情景にこれほど激しく引かれたのは、おそらくそれがレイの病気のことで私たちがくぐり抜けていた苦しい試練に直接結びついていたからだろう。それは二番目のパッセージにおいてより明確である。そこでは二人の登場人物（不満を抱いている医師と、年長者の横柄な郵便局長）がふとした成り行きで人の魂について討論することになる。

「じゃあ、あなたは人間の魂の不滅性を信じてはおられんわけですな？」

「信じてはおりませんとも、ミハイル・アヴェリヤーヌィチさん。そんなものを信じなくてはならない理由もありませんからね」

「私もまあそれを疑わんではない」とミハイル・アヴェリヤーヌィチは認めた。「しかしそれでも、私は心の底でふと感じるんですよ。私は決して死んでしまったりはしないのだとね。『おい爺さん、もう死にどきだぞ』と誰かが言う。でも私は、自分の魂の中で小さな声がこう言うのが聞こえるんですな。『そんなことを信じてはいけない。お前は死にはしないんだ』とね」

その一節を組みこむにあたって、レイは「行いとしてそこに残る言葉」の力を強調した。そこから「魂の中の小さな声」が生まれてくるのだと。彼はチェーホフのこの短篇の中で「生について、死について、さまざまな思いを放棄してしまっていた我々の姿勢が、見るからに脆くはあるけれど執拗な性質を持った信念に、思いがけなくも突然、道を譲りわたす様」を目にして、ほとんど感謝に近い思いを抱いているように見受けられる。

私は私たち二人の生活にチェーホフを持ち込みつづけた。毎日朝いちばんに一篇の彼の小説を読み、朝食を取りに下に降りていったときに、その話をレイにして聞かせた。私はできるだけその語り口に忠実に話をしたので、レイは話にひきずりこまれないわけにはいかなかったし、結局午後には自分で本を開いて短篇を読む羽目になった。そして夕方までには私たちはその短篇について討論ができるようになっていた。

レイが影響を受けたもうひとつの書物は、その年のはじめに彼が読んでいた、チェスワフ・ミウォシュの『到達されざる大地』であり、それは彼自身の本にふさわしいフォームと広がりについての彼の考え方に影響を与えはじめた。ミウォシュは彼が言うところの「より広い空間を持ったフォーム」のために、カサノヴァの『回顧録』の散文を引用し、ボードレールやら、彼の叔父であるオスカル・ミウォシュやパスカルやゲーテやら、その他彼が自分で詩を書いていく上で影響を受けた思想家や作家たちの書物から断片を引用し、編入した。彼はまた告白やら、問いかけやら、自己洞察やらのかたちを取った内省的思索を、本の中に取り入れていた。レイはそのようなミウォシュのアプローチの包括性にとても強く引かれていた。その他、レイがこの時期に読んでいた本としては、ガルシア・ロルカ、ヤロスラフ・サイフェルト、トマス・トランシュトレマー、ローウェル、ミウォシュの『詩撰集』、トルストイの『イワン・イリイチの死』の再読などがあげられる。これらの中から彼は完全なかたちでの詩をいくつか選び出し、私たちは後日それらをこの本の各セクションの冒頭に置くことにした。

しかし六月の初めに、肺の中に癌細胞が再び発見されたという悪夢のようなニュースが伝えられたとき、自分たちの確固とした姿勢をたてなおすべく私たちがほとんど本能的に立ち戻った場所は、チェーホフだった。ある夜、私は彼の短篇小説の自分でしるしをつけておいたいくつかのパッセージを読みかえしていて、それらがまるで当時レイが書いていた詩に向かって直接に語りかけているように見えることを発見した。私はその詩の書き直しを手伝い、それをコンピューターに清書する役をつとめていたのだ。ふとした衝動に駆られて、私はタイプライターに向かい、それらの抜粋部分を適当に改行して詩のかたちにし、タイトルをつけてみた。私がその結果をレイに見せたとき、我々はなんだかチェーホフの中に含まれていたもう一人のチェーホフを発見したような気持ちになった。でも私は頭の中にレイの書きかけの詩を置いてそれらのパッセージを見ていたわけだから、むしろチェーホフの方が我々に向かってつかつかと歩み寄ってきたような感じもした。彼はちゃんと自分の時代の中にとどまりながら、その一方で、まるで我々の同時代人と化してしまったみたいだった。吹雪の中での猛烈な馬車レースやら、にしんの頭のスープやら、牡牛の目玉を材料にした料理やら、野菜スープを作るためにカタバミを摘む料理人たちやら、酔っぱらいの親たちの汚らしい言葉を当たり前のものとして育っている百姓の子供たちやらの世界——こういった世界はレイモンド・カーヴァーの世界とうまく馴染んでとけあった。城の中を見物してまわっている途中で首切り台の上に頭を置いてみて、連れの手刀を斧がわりに首筋に受けてみる男とか、酔っぱらった父親がかなりいかがわしい目的で見知らぬ女と台所に二人でいるところにばったり出くわす息子とか、ヘリコプターの金属ばさみで遥か樹上にまでつり上げられる溺死した子供とか、そういった人々が登場するレイモンド・カーヴァーの世界とだ。

ひとたびチェーホフの中に詩人を見出すと、レイは本に取り入れたいパッセージを自分でマークして、それを自分でタイプするようになった。その結果生まれたのは、いわば韻文と散文の中間に位置するもので、これは我々をいたく喜ばせた。というのはレイの新しい詩のいくつかは、詩と短篇小説の境界線をかなり不明確なものにしていたからだった。彼の短篇小説がしばしば演劇の、あるいは詩のやり方からパワーを獲得していたのとちょうど同じようにである。レイは彼の言語と思考のあいだの乖離《かいり》を徹底して潰していったので、その結果生じた手法の透明性は、破壊的な感じや、場ちがいの領域に踏み込んでしまったような違和感もなしに、各ジャンル間の区別を溶解させてしまうことになった。詩という形をとってはいても、物語は、詩的に強調された「いかにも」という語法や言語の使用を避けることができたし、その結果として物語の本来の力を損なうことなく、のびやかに進行することができた。そしてまた、それは詩として構想されたことによって、物語ではありながらいつもと違った種類の読者の注意を喚起することができたのである。

その途方に暮れてしまうような日々に、少しでも本の執筆に専念するためにも、私たちは肺癌の再発のことは一切誰にも言わないでおこうと決めた。訪問客の相手をしたり、あるいは知合いのひとりひとりに涙ながらの別れの挨拶をしたりするよりは、自分たちがやりたい物事に意識を集中させたかったのだ。我々がやろうと決めたひとつは、一緒に住んだ十一年の日々を、六月十七日にネバダ州リノで結婚式をあげて祝おうということだった。レイが「安ピカ式」と呼んだその結婚式は、市役所の筋向かいにあるハート・オブ・リノ教会でおこなわれた。教会の窓には、金色の小さな電球をちりばめた巨大なハートが飾られていた。SE HABLA ESPAÑOL（スペイン語話します）という看板も出ていた。式のあとで我々はギャンブルをやりにカジノに行った。そこで私はルーレットをやり、なんということか三日間負け知らずで勝ちつづけたのである。

家に戻るとレイは『プロポーズ』という詩を書いた。この詩はその時期の切迫性を如実に伝えている。それは邪念なしに生きられる人生の、あるいは人生を暫定的なもの以上に拡大するために我々が頼る希望というクッションを抜きに生きられる人生の、剝き出しの感覚である。結婚したことによって、我々は新しい場所に錨をおろすことになった。まるで今日この日に大きな慰めを得るために、賢明にも、今の今までこの祝い事をずっと保留しておいたのだというように思えた。そしておそらくまた、まるでカフカが書くところの「陽気で無内容な旅」から得られるような、腹の底が抜けてしまいそうな壮大な大笑いを、もう一度経験するために。

この時期にまた、レイは『GRAVY』を書いている。この詩のアイデアは二人でファン・デ・フカ海峡に面するヴェランダに座って、来し方行く末についてあれこれ話をしているときに出てきた。「私に出会う前の、あなたがもう少しで死ぬところだったときのことを、前に話してくれたわよね？」と私は彼に言った。「あのときにあなたが死んでいても不思議はなかったし、そうなっていたら、あなたに会うことだってなかった。こういう何もかもが起こりはしなかったのよね」私たちは、自分たちが与えられたものにあらためて驚きつつ、静かにそこに座っていた。「本当にこれはグレイヴィーだったね」とレイは言った。「まさにグレイヴィーだ」（訳注・「グレイヴィー」の意味については二一八ページを参照）

レイが本書のために書きためてきた詩の多くは、この前年（一九八七年）の夏の七月から八月の終わりにかけて草稿が書かれたものである。それからおおよそ一年後に、この六月に、完成した詩が十分な数たまったので、私がそれらの詩をいくつかのセクションに分類し、本のかたちにしていくことになった。私はそれまでもレイの詩集に関しては、あるいは彼の小説の多くに関しても、同じような作業をしていた。原稿の順番を決めるために私は、かなり原始的な方法を取る。すべてのページを居間の床にばらまき、四つんばいになって部屋の中を這って読んでまわり、この作品の次にはどの作品がくればいいかと見当をつけていくのである。直観と物語と情感によって、それは進められる。

チェーホフの文章をそこに加えるようにしようと我々はきめていた。チェーホフの小説は我々の精神のサヴァイヴァルにはあまりにも不可欠なものだったので、ちょうどミウォシュがホイットマンの詩を自分の本に入れたときのように、チェーホフは我々にとって共に進む仲間のように思えたのだ。あたかも、レイが終生チェーホフの作品を深く敬愛していたからこそ、その大胆なばかりの愛によって、彼の作品を取り上げる許可を勝ち得たかのようでもあった。

ある夜に私はレイと二人で、とある作曲家がテレビでインタヴューされるのを見ていた。その作曲家はチャイコフスキーがあるときベートーヴェンのいくつかの楽節をまるごと自分の作品に流用して使ったことを話した。そのことで誰かに詰問されたとき、チャイコフスキーは臆することなくこう言った。「私にはそうする権利がある。私は彼を愛しているのだから」と。レイはそのやりとりをメモした。この「愛すればこそ権利がある」というくだりは、自分の作品とチェーホフをかくも大胆に結びつけてしまおうという彼の決定に大きな影響を及ぼしたと私は思っている。それらチェーホフのパッセージは、レイの詩を彼の短篇小説に結びつけることにもなった。彼の最後の短篇集はチェーホフに捧げられた『使い走り』という短篇で終わっているからだ。選ばれたチェーホフの文章は、レイの原稿の中に実にこのうえなく自然に落ち着いたように見えた。それらは響きの上からも、情感の上からも、それまでにレイが書いてきた詩にうまく調和を与え、またそれを増幅させていた。折に触れてレイは、チェーホフの引用を通して、自分自身に向かって、また他者に向かって、敗北に終わるしかない状況の中でがんばりつづけるという厳しい仕事を遂行するすべを伝えることを可能にしたり（『下流に』）、あるいは癌との持久戦において相手に取り込まれてしまわないために自分の中にかくしとおすしかなかった恐怖の存在をはっきりと言葉にして認めることができた（『虫のしらせ』『雀の夜』）。

私のアレンジしたものを二人で検討して、本は最終的には六つのセクションに分かれることになった。本書の最初のセクションには、以前に出版された旧作が収められている。それらは、さまざまな理由によって、最近の作品と一緒に並ぶ機会のなかった一群の詩である。それによってレイは、ちょうど自分の作品にチェーホフの時代を持ち込み、根づかせたのと同じように、自らのかつての人生をもそこに運び入れたわけだ。そしておそらくそれらを想像力を介してとりこむことで、彼は双方の人生を変容させたのだろう。そういう点においては、ミウォシュの『到達されざる大地』の中の、彼がしるしをつけたパッセージがレイの密かな目的を説明しているかもしれない。

カール・ヤスパースの弟子であるジャンヌが、私に自由の哲学というものを教えてくれた。それは今現在、今日なされているひとつの選択は、過去に向けて自らを投射し、我々の過去の行動を変化させせることになるのだと認識することによって成立している。

詩であれ小説であれ、レイの書くものにはひとつの強い衝動がある。それは、いまだに心をかき立てる過去の光景や人物を再訪することであり、そこから解放されるとまではいわずとも、少なくともその状況の効果的な分析を引き出すことである。本書における初期の恋愛詩は暗い要素をうっすらとほのめかしているが、その要素はもっとあとの『奇跡』『不埒な鰻』あるいは『目覚めよ』といった作品においてより明確に現実化することになる。かつての詩や、『象』や『コンパートメント』に現れた抑圧するものとしての息子は、『私の息子の古い写真について』に再び現れる。その傷はいまだ生々しいが、それでも詩の最後には「先になればみんなもっとうまくいく」という回復の認知がある。『ささやかだけれど、役にたつこと』で胸苦しいまでに追求された「死んだ子供」というテーマは、詩『レモネード』の中に再び現れてくる。その詩の中では、父親に言いつけられてレモネードの入った魔法瓶を取りにいった男の子が川で溺れて死ぬことになる。

ふたつめのセクションでは、アイデンティティーの喪失を扱ったトマス・トランシュトレマーの『名前』という詩に着想を得た一群の詩が紹介されている。おそらくこれらの詩はそれぞれの「疾患」によって、あるいはまた荒らぶれたもの、異形なるものが吹き出し、我々をもう後戻りすることのできない不条理の領域へと運びこんでいくその方式によって、性格づけられることになるだろう。短篇『親密さ』において言語的攻撃をかける女性は、『奇跡』において肉体的攻撃をかける女性に出会うことになる。彼の最初の結婚生活を扱った詩において、飲酒はあいかわらず崩壊の儀式に結びついている。そして彼はそれが引き起こした深い傷痕を、まるでつい昨日起こったことのようにひとつひとつ列挙した。

第Ⅲ部に含まれた『キッチン』（これは『サマー・スティールヘッド』の世界を思い出させる）では、少年期のイノセンスが出し抜けに断ち切られることになる。『ちょうざめ』や『もうひとつのミステリー』のような、わけのわからないものが、まったくわけのわからないままに放置されることになる詩もある。『サスペンダー』におけるワーキング・クラスの家庭における暴力性は、農民たちの生活や、少年たちの感受性の破壊ぶりを扱ったチェーホフの文章に呼応している。

第Ⅳ部の冒頭に収められた『一八八〇年、クラクフに戻る』においてミウォシュが問いかける回答困難な問いは――「勝ったり、負けたり、そんなことは／もし世界が私たちを結局忘れてしまうのなら、いったい何だというのだ？」――記憶とは自分のそのまま委託されたものなのだという詩人の意識に、まっこうから挑みかかる。そしていうまでもないことだが、自らの死に直面したレイの頭には、自分の書いたものが肉体の死を超えて生き残ったときに、そこに含まれた自分の記憶も果たしてまた重要なものとして存続するのだろうか、という自問もあった。ひとりの芸術家のオブセッションなりしるしなりは、たとえ断片的なものであれ断続的なものであれ、それが誰か他の人間に必要とされているかどうかに関係なく、欠くことのできぬものとして存在するのだということを彼の詩は静かに示している。またそれと同時に『ひとつくらい』とか『メモでふくらんだ彼のバスローブのポケット』といった詩は、創作の持つ気まぐれな側面をユーモラスに明かして見せる。そして何らかの意味のあるものはすべからく、このようないわば「手当り次第」のプロセスによって蓄積されていくのだというまさに驚嘆すべき事実を我々に知らしめてくれる。このセクションにはまた、レイと文学人生との最初の触れ合いを散文体で記録したものが収められている。彼は配達係としてある家に荷物を届けにいくのだが、そこでひとりの老人から「ポエトリー」という雑誌を貰うことになる。『使い走り』と同じように、ここに描かれているのは、きわめて特別な物事を明るく照らしだすごくありきたりの瞬間である。ひとつの手からひとりの若い青年、将来作家になる青年に手渡された一冊の雑誌は、詩を読んだり書いたりすることが立派な営みであると信じられているひとつの世界の存在を彼に教えることになる。それは彼にとっては驚き以外の何ものでもなかった。

『不埒な鰻』における騎士道の時代と現代との併置は、これまでに『愛について語るときに我々の語ること』や、あるいはもっと最近の『ブラックバード・パイ』においても我々が目にしてきたところのものである。このような対位法によって、現代の素材に新鮮なバーバリズムを纏《まと》わせることが可能になっているように見える。第V部の冒頭にあるローウェルからの引用（「しかし、何がおこったかを語ってもいいじゃないか」）の光の下で、我々はあかあかと容赦なくあばきたてられた「真実なるもの」の偏執的なマグネティズムを、その罠と暴力性を、しっかり覗き込むことになるのだ。

同じセクションに収められた『夏の霧』は、レイがこの詩をちょっと読んでみてくれないかと私に手渡したときに口にした言葉のために、私にとってはいっそう特別な意味を持つものとなっている。レイはそのとき私にこう言った。こんな事情のせいで僕には、君が僕のために今してくれていることのお返しを君に対してしてあげられなくて、そのことについてはほんとうに済まないと思っているんだよ、と。「それで、僕はこの詩の中でちょっとしたことを試してみたんだ」と彼は言った。「うまくいっているかどうか、自分ではよくわからないんだけどね」彼がそこで試みたのは、やがてくるであろう私自身の孤独に対抗するひとつの贈り物として、私の死を想定し、彼がそのときに感じるであろう哀しみを想像することだった。この詩が書かれた時期には、彼自身の死が私たち二人にとって――彼の詩の中の言葉を借りれば――「途方もない哀しみ」となっていたのだという事実を考えれば、これはひとしお感動的である。

本書の最後のセクションは、自分の病状がどんどん悪化し、死へと向かっているということを彼がだんだん自覚していく過程を扱っている。前にも述べた『GRAVY』の中で、自分が以前にほとんど死にかけていたという記憶を語ることによって（一九七六年から七七年にかけて彼はアルコール中毒のためにもう少しで命を落とすところだったのだ）、レイは今ここにある死の持つ破滅的な意味を、べつのものに置き換えている。要するに、彼はきたるべき自分の死を、かつての死からの脱出のあかしとして捉えたのである。そして、自分は十年に亘る実り多き歳月を余分の恩恵として与えてもらったのだと考えてみれば、死というものもまた違った様相を帯びてくるものではないかという境地に彼は達したわけだ。それでもやはり、このセクションの導入の役割を果たしているチェーホフの二つのパッセージ（『虫のしらせ』と『雀の夜』）は彼の内心のパニックを示している。『医者は言った』における事実そのままの描写や、『目覚めよ』における死の「予行演習」と並んで、そこには『プロポーズ』の挑むような姿勢もあり、また最後のお別れのリハーサルとしての二篇の詩『いらない』『大枝の向こうに』もある。レイが死んでから三週間後のことだが、彼の最後の校正（私たちがアラスカに最後の旅行をする前に彼はそれを済ませておいた）を原稿に書き込んでいるときに、私ははっと気づいたのだ。レイの亡くなる前夜、私が無意識のうちに、『いらない』に記されているのとまったく同じ行動をとったのだということに。いつもなら「おやすみ」の指示を意味した三つのキスは、レイがそのまま目を覚まさないという可能性を含んでいた。「大丈夫よ」と私は言った、「ゆっくりお休みなさい」そしてしばらくして「愛してるわ」と。「僕も愛しているよ」と彼はそれに対して言った。「君ももうゆっくりお休み」それっきり彼はもう二度と目を覚まさなかった。そして翌朝の六時二十分、彼は息を引き取った。

セルフ・ポートレイトとも言うべき『残光』の中で、「気取って」斜《はす》にくわえられた煙草は、これが最後の一瞥にしてしまった状況を茶化しているかのように見える。この作品ではカーヴァーは、もっと能力のない作家だったら、ここから哀しくも刺《とげ》のある小さな帝国を切り出していったのかもしれないところを、彼にしてはぎりぎりまでアイロニーの地点に接近している。最後の詩である『おしまいの断片』の中ではその声はより高められたコーダを獲得している。生きる努力、書く努力の核心は、慈しみ愛されたいという求めの中にあったのだし、そしてその求めを自分に叶えてやっていいんだという気持ちは――「自らを愛されるものと呼ぶこと」そしてまたもっと進んで「自らをこの世界にあって／愛されるものと感じること」――これでなんとか達成されたのだという認知が、そこにはある。アルコール中毒から立ちなおった人間にとって、この自己認識や、そして自らの心の中に育ませたより普遍的な愛の心は、決して小さな達成ではない。彼は自分が恩寵を受け、祝福されたのだということを承知していた。そしてまた自分は書くことによって、自分自身や作品の中で描いてきた人々が置かれていた往々にして苛酷な世界を遥かに超えたところに到達することができたし、そしてまた自分の書いたものを通してワーキング・クラスの生活が文学の一部に組み込まれることになったのだ、ということも承知していた。彼のタイプライターのそばには、こう書かれた紙片が置いてあった。「こんな思いつきに一人酔っているのを許してほしい、でも僕はいま実にこう思ったのだ。僕が書く詩はどれもみんな『幸せ』という題で呼ばれるべきだと」そして彼は、その早すぎる自らの死を決して承服しなかったにもかかわらず、長い夏の夕暮れに、我々が二人の作家として、愛する者同士として、また助け合う人間同士としてともに過ごした人生について語り合うあいだ、その感謝の念に満ちた静けさをいつも変わることなく維持しつづけた。

六月の半ばまでには彼の最後の本も出来上がり、私はそのためのタイトルも見つけていた。タイトルは初期の詩である『仕事を探そう』の中からとった。タイトルについてあれこれ討議はしなかった。何も言わなくても、私たちには、それが正しいものであることがわかっていた。結婚式のあとで我々は信じられないような素晴らしい贈り物を受け取っていて、それが我々のタイトルの選択に影響を及ぼしていたのだと思う。二人の友人であった画家のアルフレード・アレギンは大作にかかりきりになっていたのだが、その絵についてのミステリアスで興味しんしんの情報は、彼の奥さんであり、やはり画家のスーザン・ライトルの口から時折、我々のもとにもたらされていた。我々の結婚披露宴の前日に、アルフレードとスーザンが車の屋根に絵をくくりつけてやってきた。私たちの居間の壁にかけてみると、それは勢いの良い、様式化された滝に向かって宙を飛んでいる何匹もの鮭を描いた絵であることがわかった。空にはレイが「幽霊鮭」と呼ぶところのものが、雲のかたちに組み込まれて、本物の鮭とは逆の方向に向かって進んでいた。背景の岩にもまた、前歴史的な眼が埋めこまれ、生命が宿っていた。

毎朝、私たちはその絵の前でコーヒーを飲んだ。レイはよくそこに日がな一日座り込んで、一人で瞑想に耽《ふけ》っていたものだった。今それをみると、彼独特の鮮やかな生命力は、私たちの家のすぐ下を流れる川で年ごとに繰り広げられていた、あの歳月のひと巡りのページェントの中に埋めこまれているように私には思える。その絵の中では魚は上流へと向かっている。必死の形相で水面から宙に飛び上がり、光に向けて果てることなく身を曲げている。そして彼らの頭上には幽霊鮭たちが、逆流に妨げられることもなく、苦闘からも解放されて、のんびりと浮かんでいる。

二人にとっての最後のフィッシング旅行となったアラスカ行きでは、本の完成を祝って、そして私たち自身を祝って、レイと私はペリエのグラスをあげて乾杯をした。完成できるかどうかおおいに危ぶまれたこの本を、私たちはなんとか二人で仕上げることができたのだ。本の最後の仕上げにかかっているとても大事な時期に、ちょうど何人かの長逗留の来客があり、またレイの息子がドイツから訪ねてきていた。それでも我々は、一日を細切れにして仕事をつづけ、ようやく完成へと持ち込むことができた。「本ができたことを彼らには黙っていよう」とレイは私に言った。彼らというのは来客たちのことである。「君にここにいてもらいたい」そしてその本が、病魔の襲来までの――結局それが最後の襲来になったわけだが――何日かの貴重な午前中を私たち二人だけで水入らずで過ごすための口実となった。来客が帰ったあとで、私たちは片っ端から電話をかけてまわり、なんとかしてロシア旅行の段取りをつけようとした。チェーホフの墓参りをしよう、ドストエフスキーとトルストイの家を訪ねようと。私はアフマトーヴァに関連したいくつかの場所を見つけたかった。現実となることはなかったにせよ、その最後の日々に立てたそんな旅行計画は、私たちの気持ちを盛り上げてくれる夢の旅に他ならなかった。レイが病院に収容されたあとで、私たちは二人でそのことを話した。もし実現していたら、これは素晴らしい旅になっていたのにね、と。「私は行くわよ。あなたのぶんまで行くわ」と私は言った。「君より先に僕が行くさ」と彼は言ってにやっと笑った、「僕の方が身軽だからね」

八月の二日にレイがポート・エンジェルズの家で息を引き取ったあと、何週間にもわたってレイの死を悼む手紙や葉書が世界じゅうから文字どおり山のように寄せられた。そこに書かれたことがらに私の胸はしばしば激しく揺さぶられた。彼らとレイとの出会い（それがほんの短い出会いであっても）、彼が口にしたこと、彼の行ったちょっとした親切、私が彼に出会う以前の彼の物語。新聞の追悼記事も全国から私のもとに送られてきた。そしてある日、ロンドンからの小包を開けると、「サンデー・タイムズ」の追悼記事が出てきた。そこには上着のポケットに両手をつっこんだレイの写真が掲載され、その上の見出しにはただひとことこう書いてあった、「アメリカン・チェーホフ」と。「ザ・ガーディアン」の方には所有形が使ってあった、「アメリカズ・チェーホフ」。私はレイと二人で一緒にそれを見ているような気がした。そして彼にもこれはちゃんと通じているんだと身のうちに感じた。まさに叙勲ともいうべきそのどちらの見出しを実際に前にしたとしても、レイは謙遜に身をちぢこませつつも、それでもやはり無上の幸福に浸ったことだろう。

最後に、レイが自分の詩作を、小説の執筆に飽きたときにときどき休憩がわりに戻ってくる単なる趣味とか気晴らしとかいう風に見なしてはいなかったということに是非触れておきたい。詩は魂の必要な行き場であったのだ。彼が詩作を通してたどり着いた真実は、彼が初期に敬愛していたウィリアムズさえもが想像しえなかったほどの、技巧の放棄を物語っていた。彼はミウォシュの『詩学《アルズ・ポエティカ》?』の中の数行を読んで、それに感じ入ったものである。

　私はいつももっと広々としたフォームを求めてきた。
詩とか散文とかいったせせこましい区別から自由になって、

作者や読者を崇高なる苦悩の前に晒すことなく、
私たちが互いに理解しあえるようなフォーム。

詩のいちばん根本の部分には野卑な何かがある。
自分の中にそんなものが存在していたなんて知らなかったものが出てくる。
私たちは目をみはる。まるで虎がそこから飛び出してきて、
光の中に立って、尾をさっとうち振っているみたいに。

レイは虎を隠れ場所から追い立てるために、自分の詩作を利用した。それに加えて、彼は自分の執筆生活を、読者に製品を提供するためのものだという風には見なしていなかった。そして時折彼は、短篇小説を書くようにという外部からのプレッシャーがあるとわざとそれを無視した。彼はなんといっても短篇小説の書き手として名をなしていたし、出版のことを考えても読者のことを考えてもそこがいちばん「おいしい」分野であったにもかかわらずだ。彼はそんなことは気にもしなかった。彼はミルドレッド・アンド・ハロルド・シュトラウス助成金――これは散文の作家のみを対象とする――を与えられたとき、彼はすぐに机の前に座って二冊の詩集を完成させた。彼は

「キャリアを築いていく」ことなど考えもしなかった。彼は天職を生きていたのであって、それゆえに、詩であれ散文であれ、彼の書くものはみんな内なる声に結びついていた。そしてその声は時を追うごとに、何の仲介もなしに主題を語ることをますます強く求めるようになっていった。そして詩こそが、もっとも良くそれを可能ならしめるフォームだったのである。

晩年のレイがあまりにも多くの時間を詩作に当てたことで、レイの小説は好きだが詩の方はどうもという人々は、あるいは彼がどうかしてしまったのではないかと思いたくなるかもしれない。しかしそれでは、レイの詩がこの情念を失った時代に向けて差し出している見事に新鮮なるものを、見逃すことになるだろう。この国においては、詩人の貢献に対しての評価は、小説作家にふんだんに向けられるそれに比べて大きく立ち遅れているから、レイの詩人としてのインパクトが正当に評価されるまでには、まだ少しの歳月が必要とされそうである。今までのところ、彼の詩作についてのいちばん鋭い評論は「ミシガン・クォータリー・レヴュー」（一九八八年春号）に掲載されたグレグ・クズマのものだろう。レイは短篇小説を再生させる上で大きな貢献をなしたわけだが、それに負けず劣らず、彼自身のやり方で、詩というものがどのような形を取りうるかということを問いなおす上でも大きく貢献したのだと言うことができるだろう。何はともあれ、彼はその最後の十年間を通じて、これを書きたいと自分が思うものを書き、自分がこう生きたいと思う人生を生きた、それだけは確かだ。彼の人生における同伴者《コンパニオン》として私は、彼がその旅路を通して詩を育みつづけることに対して自分がいささかなりとも手助けできたことを、とても嬉しく思っている。彼のあまりにも早すぎる旅立ちにおいて、彼がそこからそれこそ貪るように引き出していた慰めと生気のことを思えばなおさらのこと。

I

濡れた絵

それらの美しい日々
都会が骰子《さいころ》や、扇や、鳥の歌やら
あるいは海辺に落ちた帆立貝の殻に似る日々
——さようなら、さようなら、美しい娘たち、
僕らは今日出会って
もう二度と会うことはない。

それらの美しい日曜日
都会がフットボールや、トランプのカードや、オカリナやら
あるいは揺れる鐘に似る日曜日
——日のあたる通りで
道ゆく人々の影が口づけをし
人々は見知らぬ同士のまま別れていく。

それらの美しい宵
都会がバラや、チェス盤や、ヴァイオリンやら
あるいは泣いている娘に似る宵
——僕らはドミノをやった、
黒い点々のあるドミノ板をバーで痩せた娘たちと並べた、
彼女たちの膝を眺めながら、

それらの膝は痩せ衰えていた
靴下《ガーター》どめの絹の王冠を被せられた二個の頭蓋骨のように
困窮した愛の王国で。
——ヤロスラフ・サイフェルト（エウォルド・オサーズの訳による）

Wet Picture

テルモピレエ

ホテルに戻り、彼女が窓に向かってあずき色の髪をほどき、櫛をあてながら、深い物思いに耽り、目をうつろに漂わせる姿を見ていると、私はふと思い出してしまうのだ、かつてヘロドトスが書いたスパルタ人たちのことを。彼らの責務はペルシャ軍を城門の外に押しとどめておくことだった。そして彼らはその職責を見事果たした。四日間にわたって。でも最初にギリシャ兵たちは、クセルクセス王自ら我が目を疑ったのだが、いかにも呑気そうに木材を組んだ壁の外に出て、武器を立てかけ、その辺に寝ころんで長い髪をいつまでもいつまでも梳いていた。髪を梳くのを別にすればそれは退屈な戦に飽いた兵士たちのよくある日常風景のように見えた。クセルクセスが彼らは何故にあのようなことをしておるのかと尋ねると、誰かが答えた、あれらのものどもは死を決意いたしまするると、まず頭を綺麗にするのでございまする。

彼女は骨の柄のついた櫛を下に置いて窓の近くに、午後の薄い光の近くに寄る。窓の下の何かが、軋むような音を立てる何かの動きが、彼女の注意を引く。一瞥し、それっきり彼女はもうそれについては考えない。

ふたつの世界

クロッカスの香りでたっぷりとした
大気の中で、
クロッカスの官能的な匂いの中で、
レモン色の太陽が消えていくのを見る。

海はブルーから
オリーヴのような黒へと移る。

私は稲妻がアジアから
明りのように跳び出るのを見る。
私の愛する人は身をよじり、息をつき、

再び眠りにつく。
この世界の一部であり、なおかつ
あっちの一部として。

Two Worlds

煙と誤魔化し

夕食のあとにタチヤーナ・イワーノヴナが静かに座って編み物をしているとき、彼は彼女の指先をじっと見つめながら休む暇なくお喋りをつづけていた。

「おおいそぎで生きていかなくちゃなりませんよ、あなたがた……」と彼は言った。「将来のために現在を犠牲にするなんておおまちがいだ！ 現在には若さがあり、健康があり、炎がある。未来なんてものはね、煙と誤魔化しにすぎません！ 二十歳になったならですね、早速生きることを始めるんですね」

タチヤーナ・イワーノヴナはぽとりと編み針を落とした。

——アントン・チェーホフ『三等官』

Smoke And Deception

ダフニ近くのギリシャ正教会にて

君があれやこれやについて意見を述べているあいだ
僕らの頭上でキリストはあれこれと思い悩んでいる。
君の声は
それらのがらんとした部屋を抜けて運ばれる。

欲望にためらいながら、僕はあとに従い
外に出て、僕らはそこで廃墟の壁を感嘆しつつしげしげと
眺める。宵闇に向けて風が
立ちはじめている。

風よ、お前はいささか遅すぎるぞ。
風よ、僕にお前を触らせてくれ。
宵闇よ、お前のことをずっと一日待っていたんだ。

宵闇よ、僕らのことを抱き、隠してくれ。

そしてようやく宵闇が腰をおろす。
そして風はそのからだの四隅へと走っていく。
そして壁はもうない。
そしてキリストは僕らの頭上であれこれと思い悩んでいる。

In A Greek Orthodox Church Near Daphne

公式記録

ローマ教皇の使節であるジョン・バーチャードは淡々と書き記す。
何十頭もの雌馬雄馬がヴァティカンの中庭に追い入れられ
教皇アレクサンデル六世とその娘
ルクレツィア・ボルジアがバルコニーの上から
眼下に繰り広げられるその交合の光景を
「嬉々として楽しまれた」ことを。
このスペクタクルが終わると
彼らはひと休みして食事をとった。
それからルクレツィアの兄のチェーザレが
その同じ中庭に運びこまれた十人の
非武装の罪人を射殺するあいだ待っていた。
こんどボルジアという名前とかルネッサンスという言葉とかを目にしたら、
どうかこのことを思い出していただきたい。

これをどう扱えばいいのか、今朝の私にはいい考えは浮かばない。だから少し時間を置くことにしよう。最初予定していたように散歩に出よう。うまくいけば二羽のアオサギが崖っぷちをさっと舞い降りていくところが見られるかもしれない。

季節の初めによく僕らにやって見せてくれたように。

それを見て僕らは感じた。僕らは僕らだけで、ここにあらたに置かれているのだと。運び込まれもせず、追い込まれもせずにだ。

For The Record

変　身

信仰もなく、僕らはそれぞれのすき腹と
空っぽの心を抱えて今朝ここに
やってきた。
僕は両手を広げて、腹や心の
馬鹿な懇願を静めようとするのだが、
でも彼らは石の上にぽつりぽつりとしたたり
落ちはじめる。
僕の隣にいたひとりの女は
その同じ石の上で足を滑らせて
洞窟に頭を打ちつける。
僕の後ろではカメラを手にした僕の恋人が
それらのあらゆる細部をカラー・フィルムに
記録している。

でも、ごらん！
その女は呻き声をたてながらゆっくりと身を起こし
頭を振る。僕らが横手のドアから抜け出ていくあいだ、
彼女はなんとその石たちを
祝福している。
後日僕らはそのフィルムを何度も何度も
写してみる。女が転んでは起き上がり、転んでは
起き上がるのを僕は
目にする。アラブ人たちは不吉な目で
カメラを睨んでいる。僕は自分が次から次へと
ポーズをとっているのを目にする。

主よ、実を言いますと
僕は目的というものもなしに
この聖地にいるのです。

僕の両手はこの眩い光の下で
悲嘆に暮れています。
彼らは三十歳になるひとりの男とともに
この死海の岸辺を
行ったり来たりしています。
主よ、ここに来て僕の告解を聞いてください。
いやもう遅すぎる、フィルムの回る音が聞こえる。
何もかもが写し撮られている。
僕はカメラをのぞきこむ。
僕の笑みは塩に変わる。僕の
立つ、その塩に。

Transformation

脅し

今日ひとりの女がヘブライ語で私に合図を送った。それから女は自分の髪を引き抜いてそれを飲み込みさっと姿を消した。動揺して家に帰ると玄関に三台の手押し車が置いてあった。それぞれの穀物袋からは生爪がぎゅっと突き出ていた。

Threat

陰謀者

眠りはない。この森のどこか近くで恐怖が
見張り人の両手をすっぽりと包んでいる。

我々の部屋の白い天井は暗闇の中で
恐ろしいくらい低く沈んでしまった。

蜘蛛たちが出てきてあらゆる
コーヒーカップの上に巣を張る。

怖いかって？　僕は知っている。もし手を
前に出したなら、僕は古靴に触れるだろう、
むきだしの歯を持った長さ三インチの古靴に。

さあスイートハート、もう時間だよ。
僕は知っている、その罪のなさそうな一つかみの
花の陰に、そこに君が隠れていることを。

出ておいで。
怖がることはない。僕は約束するよ。

ほら聴いて……
ドアを叩く音がする。

でもこれを届けようとしたその男は
かわりに君の頭に銃をつきつけるのだ。

この愛という言葉

彼女が呼んでも僕は行かない
たとえ彼女が僕を愛していると言っても、
とくにそう言ったときにはね、
たとえ彼女が愛、ひたすら
愛だけを誓い
約束したとしてもだよ。

この部屋の明かりは
すべてのものを
等しく包み隠すのだ。
僕のこの腕だって影を投げかけない。
それもまた光にかき消されてしまっている。

でもこの「愛」という言葉――
この言葉はだんだん暗みを増し、重みを増し
やがて身を大きく揺るがせて
ものを食べ始め、ぴくぴくと震えつつ
この紙越しにこちらにやってきて、
そして最後には僕らもまたその透明な
喉の中で仄かに見えるだけになるのだが、
僕らはそれでもまだ容赦なく引き裂かれ、腰も腿もてかてかと光る、
ためらいというものを知らぬ
その君のほどけた髪も。

走り去ってはいけない

ナージャ、桃色の頬、幸せそのもの、彼女の瞳はとびっきり凄い何かへの期待の涙に輝き、輪を描くように踊り、白いドレスは大きく波打ってその肌色の靴下に包まれたほっそりとした美しい脚をちらりとかいま見せる。ワーリャ、満足の笑みを浮かべて、ポドゴーリンの腕を取り、いかにも意味ありげな顔で、声をひそめて言う、「ミーシャ、あなたは幸せから走り去ってはいけないのよ。たっぷりとあるうちにそれを思い切り楽しみなさい。やがてどれだけ追いかけてもそれに追いつけないという日々がやってくるのだから」

——アントン・チェーホフ『知人の家で』

Don't Run

水浴びする女

ナッチーズ川、滝のすぐ下。
どの町からも二十マイルは離れている。その日は
日差しがすごく濃密で
愛の香りでずしりと重くなっている。
いいいいいいいいいいいいい、
僕らはいったいどれくらい長く？
君の、ピカソの鋭さを持ったそのからだは
山の空気のおかげですでに乾きかけている。
僕は自分のアンダーシャツで
君の背中と腰を拭く。
時間というのはピューマみたいだ。
なんでもないことに僕らは笑い、
君の胸に僕が手を触れると
シマリス

さえもが
眩しさに目を細める。

Woman Bathing

II

名前

運転している途中で眠くなったので、道端の木の下に車を停めた。バックシートで体を丸めて眠った。どれくらい眠ったのか？　何時間もだ。日も暮れてしまっていた。はっと目が覚めた時、自分が誰なのかわからなかった。はっきりと目は覚めているのだが、そんなことは何の役にも立たない。私はどこにいるのだ？　私は誰なのだ？　私は車のバックシートで目を覚ましたばかりの何かなのだ。そしてパニックに襲われてまるで南京袋の中の猫みたいにばたばたともがいている。私はいったい誰なのだ。

長い時間をかけて、私の人生は私のところに戻ってくる。私の名前がまるで天使のように私のもとにやってくる。城壁の外側ではラッパの音が鳴りひびき（まるでレオノーレ序曲みたいに）、私を救い出しに長い長い階段を上ってくる素早い、素早い足音が聞こえる。私がやってくるのだ。あれは私なのだ！

でもあの十五秒間にわたる無《ナッシングネス》の地獄での戦闘を脳裏から消し去ることは不可能だ。ほんの数フィート離れたところにある幹線道路では、ライトを灯した車がさっさっと通り過ぎていく。

67　名前

——トマス・トランシュトレマー
（ロバート・ブライの英訳による）

The Name

仕事を探そう

僕はいつも朝飯に
川鱒を食べたいと思っていた。

突然、滝への新しい小径を
僕は見つける。

僕は急いで歩き始める。
起きなさいよ、

と女房が言う。
あなた寝ぼけてるのよ。

でも僕が起き上がろうとすると、

家が傾く。
寝ぼけてなんかいるもんか。
もうお昼よ、と女房が言う。
僕の新品の靴が戸口に置いてある。
ぴかぴかに光っている。

Looking For Work

ワールド・ブック・セールスマン

彼は会話を聖なるものと考えている。
それはもう死にゆく芸術なのに。微笑みを浮かべつつ
かわりばんこに、彼の一部は今日《こんにち》であり
一部は大総統《オーバーフューラー》である。その
タイミングがコツだ。
ひらべったいブリーフケースからは
全世界の地図が出てくる
　　砂漠やら、大洋やら
写真やら、図版やら——
そういうものがみんなそこに入っております。求めさえ
すれば……そこでドアが
さっと開いたり、ちらっと開いたり
あるいはぴしゃっと閉められたりする。

毎夜、空っぽの
部屋の中で、彼は一人で食事をし、
テレビを見て、新聞を
読む。指先に生まれそこで終わる
渇望とともに。
神はなく、
会話というのは死にゆく芸術である。

The World Book Salesman

足の指

この足は私には苦痛しか
与えない。親指の付け根や
土踏まずや、くるぶしや——つまり
歩くと痛いのだ。でも
私の気になるのはやはり
足の指たちだ。これらは別名で
「末端部《ターミナル・ディジッツ》」と
呼ばれるが、言いえて妙と言うべきか！
彼らにとっては
熱い風呂にまっさきに入ったり、
カシミアの靴下に頭を突っ込んだりするのは
もう喜びなんかではない。カシミアの靴下だろうが
靴下なしだろうが、スリッパだろうが、靴だろうが、エース

包帯だろうが——なんだって同じようなものなのだ、
これらの馬鹿になった足指にとっては。
こいつらはまるで薬づけで
茫然としてるみたいに見える。ソラジンを
目いっぱい注射されたような感じだ。指たちは
そこに丸くなって
朦朧として黙りこくっている。だらんとした
生気のないものたち。いったい何がどうなっているんだ？
無関心に浸りっきりのこれらの指たちは
いったいどういうつもりなんだろう？
こいつらは本当に私の
指なのか？　あの昔の日々を、
あんなに鮮やかに息づいていた頃を、
彼らは忘れてしまったのか？　かつてはそれこそ
間髪を入れず、音楽が始まればダンス・フロアに
先頭を切って飛び出していったというのに。

誰よりも陽気に騒いだというのに。
こいつらを見てくれ。いや、見ないでいい。
君だって見たくもないだろうと思うよ、わざわざこんな
ナメクジみたいなものをね。昔のことを
良き日々のことを思い出すのは
彼らにとって辛く、また痛々しい。
彼らが本当に求めているのは
あるいは過去の人生との一切の関係を
断ち切って、一からやりなおし、
地下に潜り、ヤキマ渓谷のどこかにあるような
退職者用の住宅地で一人でひっそり
暮らすことかもしれない。
でもその昔には
ほんのちょっとした挑発にも
期待に身をつっぱらせ
ごく些細なことにも

それはもう
嬉々としてくねったことだってあったのだ。
たとえば、指先に感じるシルクの
ドレスの感触なんかに。
心地のよい声音、首筋にそっと
触れる手、あるいは
ちょっとした一瞥だって
よかったんだ。それこそもうなんだって！
ホックの外される音
コルセットが取れる音
ひやりとした硬材を張った床に
はらりと落ちる布地。

The Toes

月、列車

月、風景、列車。
僕らは湖の南の岸を着実に
移動していく。温泉やサナトリウムを通り過ぎて。
車掌は休憩車《クラブ・カー》を通り抜けながら僕らに教えてくれる、
左の方をご覧になると——ほら、あのあたり、
明かりのついているところです——照明つきのテニスコート
がありまして、たとえこの時刻でも、おそらく
フランツ・カフカの姿をコート上に見ることができます。あの人は
なにしろテニスに夢中でして、どれだけやってもやり足りない。もうすぐです、
ほらあれです、あれがカフカです。白いウェアを着て
若い男女相手にダブルスをやっている人。
誰かわからないがある若い娘が、カフカのパートナーだ。どっちの
ペアが勝っているのか？　誰がスコアをつけているのか？　ボールが

行ったり来たり、行ったり来たり。誰もが熱心に完璧にプレイしている。通り過ぎていく列車に目を向けるものもいない。線路が唐突にカーブして列車は森の中に入っていく。僕は座席で身を曲げて後ろを振り返るのだが、コートの照明が唐突に消えてしまったのか、あるいは背後にあるものがなにもかも真っ暗になってしまうような位置に車両があるのか、どちらかだ。まさにそのときにクラブ・カーに残っていたすべての乗客が飲み物のおかわりなり、軽食なりを注文しようとする。まあ別にかまわないじゃないか。カフカという人は菜食主義者であり禁酒主義者であるけれど、だからといって他人まで我慢することはない。それにどうやらこの列車の乗客はテニスの試合やら、あるいは照明つきのコート上で誰がプレイをしているかなんていうことにはこれっぽっちも興味を持ってはいない。僕は新しい別の人生に向けて進んでおり、実のところ僕自身そんなに興味を持っているというわけでもないのだ。僕の頭はなにか別のことを考えている。にもかかわらず、それは

まあちょっと面白いことだと思うし、
指摘されていい事柄ではある。車掌が教えてくれたことはやはり有り難い。

「なるほど、あれがカフカか」と後ろで誰かが言う。

「なるほど、ですか」と誰かが言う。「それがどうかしたんですか?

私はペルルムターと申します。初めまして。一杯やりましょう」そう言うと彼は
シャツのポケットからトランプのカードを取り出し、前のテーブルの上で
ぱたぱたとシャッフルを始める。その大きな手は
赤く、ひび割れている。それらの手はカードを丸ごと
食べてしまいそう。もう一度線路がカーブし
列車は森の中に入っていく。

二台の馬車

再び翔ぶがごとく走る馬たち、酔っぱらった二カノールの奇声、
風と執拗な雪が目の中に、口の中に
毛皮のコートのひだのひとつひとつに飛び込んできた……風が唸り、
御者たちは怒鳴った。そして狂乱のごとき咆哮がつづく中で
私はこの不思議な、とんでもない一日のことを隅から隅まで思い出してみた。私の
人生の中の特異な一日。私には自分の気が触れてしまったか、
あるいは自分が違う人間になってしまったみたいに思えた。なんだか
昨日までの自分自身があかの他人のように見えた……十五分の後には
彼の乗った馬車はずっと後ろに遅れ、その鈴の音は
吹雪の咆哮の中に飲み込まれていってしまった。

——アントン・チェーホフ『妻』

Two Carriages

奇跡

彼らは飛行機で片道の旅をしている。ＬＡＸ《ロス・アンジェルス》から
ＳＦＯ《サン・フランシスコ》まで。二人とも酔っぱらってへとへと。
この七年間で二度めになる破産宣告の審問をついさっき
ようやくの思いで切り抜けてきたばかりである。
その機上で何が話されたのか（だいたい何か話したのか？）、どっちが
それを口にしたかなんて、ちょっとわかるわけない。
暴力の引き金になったのは、その日一日の出来事の蓄積
であったのかもしれないし、あるいは何年間にもわたる失敗と
退廃の蓄積であったかもしれない。

数刻前に、すっからかんにされて、吊るし上げられて、
打ちのめされて、まるで粗大ごみ同然に空港の入口にひょいと
放り出されたわけだ。でも

いったん空港の中に入ると
二人はなんとか平静を取り戻して、
ラウンジに落ち着いて一息つき、「頑張れドジャーズ！」と
書かれた幕の下でダブルをぐいぐいとあけた。
二人はいつものように酔っぱらい、シート・ベルトを締め、
そしていつものように、こういうのは人類不変の状態なんだと
思い込もうとした。要するにこれは予測不能な力との、人知を
超えた力との、絶え間なく続行する闘いなんだと。

でも彼女はぷつんと切れてしまう。これ以上は我慢が
できない。そして何も言わずに、座席の上で
体の向きを変え、彼に打ちかかっていく。彼を殴り、
また殴る。彼はそれを甘受する。
これの十倍殴られたっておかしくないよなと心の底で彼は思う。
殴りたいだけ殴る権利が彼女にはある、
殴られるにはそれなりのわけがある、これくらいされても

当然だろう。彼は顔をぽかぽかと殴られて、前後に頭が揺れ、彼女のパンチが遠慮会釈なく耳や唇や顎に降りかかるあいだも彼はウィスキーを護る。そのプラスティックのカップを大事そうにじっと握っている。まるで、そう、長いあいだ探し求めていた宝物が目の前のトレイの上に今あるんだというみたいに。

彼が鼻血を流しだすまで、彼女は殴りつづける。やっと彼も言う。頼むよ、ベイビー、お願いだからもうやめてくれ。あるいはそんな彼の懇願は別の銀河宇宙からの、死んだ星からの微かな信号（とても言うしかない）として彼女に届いたのかもしれない。別の時間と別の場所からの暗号化されたサインが彼女の脳を突っつき、もう永遠に失われてしまった何かを思い出させたのかもしれない。いずれにせよ彼女は叩くのをやめて、また酒を飲み始める。どうして

殴りやめたんだろう？　悲惨な日々に先だつもっとまともだった頃の
ことを思い出したのか？　二人で共有してきた歴史のことを、
二人でしっかりと身を寄せて、世界に立ち向かっていた当時の
ことを思い出したのか？　いや、そんなわけはないな。もし彼女が
本当にすべてを思い出し、それらの歳月がはっと
頭によみがえっていたなら、
彼女はその場で彼を殺してしまったことだろう。

腕が疲れてしまったのかもしれない。それで殴りやめたのだ。
そういうことにしておこう。彼女は疲れて、殴るのをやめる。彼は酒を手に取り、
何事もなかったかのようにそれを飲む。でもいうまでもなく
実際にはちゃんとそれはあったわけで、おかげで顔は痛むし、
頭はくらくらする。彼女も黙ってただ酒に戻る。いつもの
「畜生め《バスタード》」もないし、「ろくでなし《サノバビッチ》」もない。
そこには深い沈黙があるだけ。
彼はしらみみたいにじっと黙っている。血が

垂れぬように紙ナプキンで鼻の下を押さえ、そろそろと首を曲げて窓の外を見る。

眼下では、家々の小さな確とした明かりが、海沿いの渓谷の斜面に散らばっている。地上ではちょうど夕食の時刻なのだ。人々は食事の並んだテーブルに馳せ参じ、お祈りが唱えられ、手が組まれる。その堅固な屋根の下、人々は決して家を吹き飛ばしたりはしない。それらの家の中では、と彼は思う、まっとうな人々が食事をし、お祈りを唱え、力を合わせて暮らしているのだ。そのテーブルを離れて、食堂の窓から空を見上げたなら、彼らにもこの秋の満月が見えるし、そのちょっと下には、まるで発光虫のような、ジェット旅客機の仄かな灯が見えるのに。彼は翼の先の方を見ようと目を凝らす。翼の彼方の自分たちが急速に近づいていくその街の無数の灯を見ようと。

彼らが似たような人々とともに暮らしているその場所、彼らが我が家《ホーム》と呼んでいるその場所に。


彼は機内を見回す。そこにいるのは、他人と呼ばれる人々。ある意味では彼らと同じような人々。男とか女とか、性差こそあれ、見かけではたいした違いのない人々——髪、耳、目、鼻、肩、性器——やれやれ、着ている服だって似たりよったりだ。そして胴のまわりには例の身元証明の紐が巻かれている。でも彼にはわかっている。できることならみんなと同じようになりたいと自分が思っても、彼女が思っても、二人はみんなと同じではないのだということが。

紙ナプキンに血が滲む。彼の頭の中ではベルがりんりんと鳴り響いているが、彼はそれに応えることができない。もし応えられたとしてもいったいなんて言えばいいんだ？　すみませんが、彼らはいません。ここから越して、その場所からも何年も前に越しちゃったんです。彼らは座席に固定されたまま、薄い夜の大気を裂いていく。鼻血を流している夫とその妻。どちらもじっと黙したまま、顔は真っ青、まるで死人同然。でもまだちゃんと息をしているし、これは奇跡の一部と言ってもいい。こういうこともまた、彼らの人生のミステリアスな経験への新たなる、大きな一歩である。

その昔、二人が手を合わせてナイフを取り、ウェディング・ケーキに最初の深いカットを入れたとき、いったい誰に今日の事態を予期することができただろう？　そして二回目のカット。もし予期できたとしても、誰がそれに耳を傾けただろう？　そんなろくでもない未来を口にする者なんてきっと会場からあっさり叩き出されていたはずだ。

飛行機がふわっと浮いて、それから鋭く横に傾く。彼は彼女の腕に手を触れる。彼女は抗わない。彼の手を取りさえする。二人はしっかりと結び合わされている。そうだね？　これは運命なんだ。二人は生き延びていくだろう。彼らは地面に下り立ち、肩を寄せ合い、このおぞましい苦境から抜け出していくことだろう——

それは二人がやらなくてはならないことなのだ。何があっても。二人のゆくてにはまだまだいろんなことが用意されている。たくさんの酷い出来事が。予想もつかないような展開が。いまの出来事についてきちんと説明しなくちゃならない。彼の襟についた血のあとの、彼女の袖についた黒い染みの。

Miracle

私の奥さん

女房は服を持って家出してしまった。
あとに残していったのは二足のナイロン・ストッキングと、
ベッドの後ろに落ちていて見過ごされたヘア・ブラシだけ。
これらのすらりとしたナイロンと、ブラシの毛に
からんだしっかりとした黒髪をひとつ
ごらんいただきたい。
私はストッキングをごみ袋に放り込み、ブラシは
取っておいて自分で使う。どうにも奇妙で説明が
つかないのは、ベッドだけだね。

My Wife

ワイン

アレクサンドロス大王の伝記を読むと、アレクサンドロスの父親である厳しいフィリッポスは、その若き後継者たる戦士に一層の磨きをかけるべく、アリストテレスを教育係として招聘したということである。後年になってアレクサンドロスはペルシャ遠征の折に、ビロード貼りの箱に入れた『イリアス』を一冊携えていった。彼はその本を深く愛したのである。彼は戦闘と酒をも、また同じく愛した。

私はアレクサンドロスの生涯について読み進んで、彼が夜通しワインを痛飲したのちに（こいつは最悪の飲酒だ――二日酔いが誠におぞましい）、ペルシャ帝国の都ペルセポリスを（それはアレクサンドロスの時代にあってさえ古都というべきものだった）焼き払うことになる最初の松明を投じた、という箇所まで来た。それを跡形なきまでに破壊したのだ。もちろんそのあと、夜が明けて――おそらくまだ火が燃えさかっているうちからだろう――彼はそのことを深く後悔した。しかしそれも翌日の夜に感じることになった後悔の念に比べればなんでもないこと。ちょっとした口論の雲行きがおかしくなり、傲れるアレクサンドロスは、度を越した生《き》のワインに顔を赤らませ、すっくと立ち、傍らにあった槍を手に取って、朋友のクレイトスにずぶりと突き立てた。グラニコスの戦いで彼の命を救ってくれたその男の胸に。

三日間、アレクサンドロスは後悔の淵に沈んだ。啜り泣き、食べることを拒否した。「肉体的欲求に関わる一切を拒んだ」もうワインは永遠に口にはしないとさえ誓いを立てた。

(酒についてのそのような約束や、それに伴う悲嘆の声を私は何度も耳にしたことがある)

いうまでもなく、アレクサンドロスがそのような哀しみに浸りきっているうちは、兵士たちの生活はすっかりお休みになっていたわけだ。

でもその三日目が終わろうとする頃には、猛烈な暑さが
その友人の死体に当然の効果を及ぼしていった。
このまま放置しておくことはできませんと部下たちは言った。はっと我に戻り、
野営天幕を出ると、彼はホメロスの書を取り出してひもとき、そのページを
繰った。そしてようやく命令を与えた。そこに記述されている
パトロクロスのための葬儀を、一字一句そのままに踏襲すべしと。
彼はクレイトスのために可能なかぎり盛大な葬式を出してやりたかったのだ。
そして薪に火がつけられ、通夜のワインの碗が彼のもとにまわされたときに
何が起こったかって？　そんなことあえて言うまでも
ないでしょう。彼は思い切り飲んだくれ、酔いつぶれて
しまったのだ。部下たちは彼を担いでテントまで運び、そして
持ちあげてベッドに放り込まねばならなかった。

火事のあとで

禿の小柄な老人、ジューコフ将軍の料理人（例の火事で帽子を焼かれた男だ）が入ってきた。彼はそこに座り、話に耳を傾ける。やがて彼もまた思い出話を始めた。暖炉の上に腰を下ろして、脚をぶらぶらさせながら、ニコライはその昔はどんな料理を旦那がたに出していたかというような話を聞き、それについていろいろ質問をした。彼らは骨つき肉やらカツレツやら様々なスープやらソースやらについて語り、やたら物覚えの良いその料理人は、もう今では作られることのない料理について語った。たとえばこういうのがあった――牡牛の目玉で作られた料理で、その名も「朝の目覚め」

――アントン・チェーホフ『百姓たち』

After The Fire

III

『南部河川旅行記』より

結局のところ、最後まで残るのは、最初からあったものなのだ。

――チャールズ・ライト

From A Journal Of Southern Rivers

キッチン

ヤキマ近郊のスポーツメンズ・パークで、僕は釣り針に餌を突き刺して、それを池のまんなかめがけてキャストした。バスを狙って。ウシガエルがどこかで空気を引っ掻くような音を立てていた。小さなパンケーキくらいの大きさの亀が睡蓮の葉からするりとすべり落ちていった。べつの亀がその同じ葉に、その小さな集結地点に、よじのぼろうとしているいっぽうで。青空の広がった暖かい午後だった。僕は砂地の土手に二股に分かれた枝を差して、そこに釣り竿をもたせかけ、しばらくのあいだ浮きの様子を見ていたが、やがてちょっとマスをかいた。そのうちにだんだん眠くなってきて、瞼が合わさってしまう。たぶん夢を見ていたのだろう。その頃は僕も夢を見たのだ。そのとき突然、眠りの中で、ぽちゃんという音が聞こえた。僕は目をぱっと見開いた。釣り竿がない！

浮の浮かんだ水面に筋を描くようにして竿がすうっと流れていくのを僕は目にした。浮きは浮かんだり沈んだりしていた。それからもう一回水面を滑るように姿を見せて、やがてまた沈んだ。

いったいどうしたらいいんだ？　僕は大声で叫び、また何か叫んだ。土手に沿って走り出した。神様に誓いながら。

神様、あの釣り竿と魚を返してくれたら、もうマスかいたりしません。もちろん神様の返事なんてない。しるしひとつない。

僕は池のまわりを長いあいだうろうろして（一年後その同じ池で僕の友達が死ぬことになった）、時折あちこちに浮かんでは消える僕の浮きを眺めていた。影がだんだん膨らんできて、樹上から池の水面に落ちた。とうとう真っ暗になったから、僕は自転車をこいで家に帰った。

親父は酔っぱらって

どこかの女と一緒にキッチンにいた。女房でも僕のお袋でもない女と一緒に。その女はビールを飲みながら親父の膝の上に載っていたのだ、まったくの話。女は前歯が一本、ちょっと欠けていた。女は床に下りると、にこりと笑おうとした。親父はただじっとそこに座って、僕をじっと見ていた。自分の子供のこともうまく思い出せないみたいな顔で。「おい、どうしたんだ、坊主」と親父は言った。「何かあったのか、お前？」流し台にもたれかかってゆらゆらと身を揺すりながら女は唇を濡らせ、これからいったい何が起こるのかと待ち受ける。親父もまた待っている。いつもと同じキッチン・テーブルの席について、ぼこっとしたズボンの膨らみももうすでにへっこませて。僕らはみんな息をひそめるようにして待ち、僕がどもりつつ口にするいくつかの音節に驚き入る。僕の未熟な口からこぼれ出る苦悶として定まるであろう言葉に。

The Kitchen

遠くの歌

その日は祭日だったので、彼らは居酒屋でにしんを買って、にしんの頭のスープを作った。お昼に彼らは席について
お茶を飲みはじめ、それこそだらだらと汗が出てくるまでそれを飲みつづけた。もうお茶だけでおなかががぶがぶになったみたいに見えたのだが、でもそれから彼らはスープにとりかかった。めいめいで鍋から自分のぶんをよそって。にしんそのものはばあさんがどこかに隠してしまった。
日が暮れると陶工が崖の上で陶器を焼いた。下の草原では娘たちが輪になって踊り、
歌を歌った……遠くから聞こえてくる歌声はいかにも柔らかくその旋律は美しく響いた。居酒屋の内や外で、百姓たちは浮かれ騒いでいた。彼らは酔っぱらった声で調子外れの歌を歌い、
互いにののしりあっていた……娘たちや子供たちは眉ひとつ動かさずそんな汚い言葉に耳を傾けていた。この世に生まれ落ちて以来

そんな言葉にはもうすっかり慣れっこというところだ。

――アントン・チェーホフ『百姓たち』

Songs In The Distance

サスペンダー

もうお前に合うサイズのベルトがないから、
明日からはサスペンダーをつけて学校に行きなさいと
母さんは言った。二年生でサスペンダーをつけているやつなんて、
いや学校じゅう探したって、一人もいない。母さんは言った、
もし嫌だって言うんなら、それでお前をぶってやる。もうこれ以上母さんの
面倒を増やさないでおくれ。そのとき父さんが何か言った。父さんは
ベッドの中にいた。僕らの住んでいるキャビンの部屋の大部分を塞いでいる
ベッドに。おい静かにしろよ。そんなこと朝になってから
決めればいいだろう。俺は明日早番の仕事に出なくちゃならないんだぞ。おい、
水を一杯持ってきてくれと
父さんは僕に言った。あんなにがぶがぶウィスキーを飲むからよ、と
母さんは言った。だから脱水状態になるのよ。

僕は流し台に行って、どうしてだか自分でもわからないのだけれど、石鹸まじりの洗い水をグラスに汲んで持っていった。父さんはそれを飲んで言った。これはなんだか変な味がするぞ、坊主。いったい何の水なんだこれは？流し水を汲んだんだよと僕は言った。
お前お父さんのことが好きじゃなかったのかいと母さんが言った。好きだよ、好きだよ、と僕は言った。そして流しに行ってグラスに洗い水を汲み、がぶがぶと二杯飲んだ。二人に見せるだけのために。父さんのこと好きだよと僕は言った。
それでも内心こう思っていた、この場で僕は吐いてしまうだろうと。母さんは言った、まったくなんていう子供だろう。自分の父親に向かってこんなことができるなんて。とにかくお前は明日はこのサスペンダーをつけてくんだよ。何があろうとね。明日の朝になってまだぶつくさ言うようなら、丸坊主にしてやるからね。サスペンダーなんて
　ぜったいに
つけるもんかと僕は言った。つけるんだよちゃんとと母さんは言った。そしてサスペンダーを手に取ると、母さんは僕の裸の脚をそれでぶちはじめた。

僕は泣きながら部屋の中を跳ねまわった。やめろ、お願いだから
もうやめてくれと父さんは怒鳴った。頭が割れそうだ。
そのうえ石鹸水のおかげで胃が
むかむかする。それもこの子のおかげじゃないかと母さんは言った。それから
隣のキャビンの人がどんどん壁を叩きはじめる。最初のうちそれは
拳で叩いているみたいな、ぼんぼんという音だったが、
やがてその誰かはモップかほうきの柄みたいなもので
叩きだす。頼むからさっさと寝ちまえよ！　と誰かが叫ぶ。
いい加減にしろ！　そして僕らは切り上げる。電灯を消し
布団にくるまり、口を閉ざす。誰も眠れない家に
訪れる静けさ。

魚釣りについて知るべき事柄

釣り人のコートとズボンはすべからく布製であるべくして
厚すぎるもの重すぎるものともに不適である。何となれば、
濡れやすいものほど逆に乾きやすいからだ。防水性べっちんや、
ファスティアンや、モールスキン――そんなものはネズミ捕り屋の装束である――
などは釣り人の選ぶべき着衣ではない。何となれば、
一マイル、二マイルを泳がざるを得なくなった折には
斯くなる衣服は水を含みて鎧の如く重くなること
必至だからである。そのうえに一ストーンの魚の入ったびくを
下げなくてはならぬとなれば、斯くなる事態の招聘は
やはり避けたいものではないか。我輩の知合いのさる年配の紳士は
コルク製の上着を着することを釣り人に勧奨しておられる。というのは
それを肩の下に結びつけておれば、湖のどこの場所にでも自在に
足を運ぶことができるからである。

暖かい季節になれば、傘をかざし
涼しげに心地よく、釣りを楽しむこともできる。まさしく
「氷の洞窟の内にて、日差しの喜悦を味わうが如く」に。
この御仁はまたレディング・ソースのひと瓶と、
「消化薬」と携帯用フライパンは、すべての釣り人の
旅行装備の一角を占めるべきであろうと考えている。

――スティーヴン・オリヴァー『ノーサンバーランド、カンバーランド、ウエストモーランドにおけるフライ・フィッシングの情景と回想』（一八三四年）より

What You Need To Know For Fishing

魚を餌に誘うための妙薬

人間の脂肪と猫の脂肪各半オンス、
ミイラの粉末三ドラム、クミン・シードの
粉末一ドラム、アニスと小麦下穂を蒸留せしオイル
各六滴、麝香を二グレイン、
及びヘンナ四グレイン。それにて軟膏を作るべし。
釣りをする折には、釣り糸の針から八インチの部分に
それを塗布し、白目製の箱に
仕舞いおくべし。この軟膏を用いるに際しては
針の隣に最低三本の髪を結ぶべし。
一本の髪のみを結びて釣りするならば、
軟膏は定着することなし。墓を開けて拾いたる
死びとの骨もしくは頭骨をすりおろし、
粉末とし、餌虫を保持する骨の中に

その粉を混ぜるべし。骨の替わりに
墓場の土を用いるもよし。かくなるのちに
釣り場を選ぶべし。

――ジェームズ・チータム『漁人必携』(一六八一年)より
Oyntment To Allure Fish To The Bait

ちょうざめ

体はほそく、鉄のあたまはまるで槍の
扁平な面みたいだ。
　　口は下がわについている。
ちょうざめは川ぞこのものを食べるのだが、
目はよく見えない。
苔のような触覚がだらんとしたくちびるの上に
垂れており、
その背びれとよろいのような背ぼねが
特徴的だ、なんだか
べつの世界からとりのこされたみたいな感じに。
ちょうざめは
単独で行動し、大きな淡水河川にしか
住まなくて、最初の交接をするまでに

かれこれ百年はかかる

むかし父さんと
セントラル・ワシントン・ステート・フェアに行ったときに
九百ポンドあるちょうざめを見た。そいつは
農業展示館の片隅に
上からぶら下げられていた。
ぼくはそいつが忘れられない。
カードにはイタリックでその名前が書いてあった。
いわゆる生活史の概略というやつを
添えて——
父さんはそれに目をとおし、それから
声に出してぼくに読んでくれた

これまででいちばん大きなやつは、
ロシアのどこか

ドン川の中で網にかかった。
白ちょうざめと呼ばれるやつだ。
どれくらい大きかったのかは
はっきりとはわかっていない。
記録に残っている中でつぎに大きいのは
アラスカのユーコン川の河口で
つかまった何匹かで
こいつらは千九百ポンド以上もあった。

当標本は
　　　　――と書いてあった――
一九五一年の夏にコロンビア川のセリロ・フォールズで
探索のためのダイナマイト爆破作業がおこなわれた際に
死んだものである。
父さんははなしをしてくれた。むかし父さんが知っていた
三人のおとこがオレゴンで針にかけたのが、たぶん

世界でいちばん大きなやつにちがいないな、と。
　あまりに大きかったんで、
ケーブルだかチェーンだか、そういうのを釣り糸がわりに
つかったんだが、それを引っぱるのに
何頭かの馬が必要だった、父さんは言った。
そしてだな、その馬たちでさえしばらくは
ぴくりとも動けなかったんだぞ。

その先のはなしが思い出せない――
そこまでしてもさかなはたぶん逃げて
しまったんだろう――おぼえているのは父さんが
ぼくのとなりで手すりに両腕をおいて前かがみにもたれかかり、
二人でならんでその巨大な死んださかなをじっと見ていたこと、
そして父さんのとてつもないはなし。そういうのが
おりにふれてあたまによみがえるのだ。

陰気な夜

私はこの川にはまったくうんざりである。空一面に撒かれた星にも、葬儀のごとき重い沈黙にもうんざりした。退屈しのぎに、私は御者に話しかける。彼はかなりの老人のように見える……彼は言う、この黒々とした気色わるい川には、チョウザメや白鮭やカワミンタイやカワカマスがどっさりといるんですが、釣りをする人間がここには誰もいませんし、釣り道具だってありゃしません。

——アントン・チェーホフ『シベリヤの旅』

Night Dampness

もうひとつのミステリー

父さんについてクリーニング屋に行ったとき——そのときの私は死というものについていったい何を知っていただろう？　父さんはビニールの袋に入った黒い背広を持って出てくる。それをおんぼろクーペの後部席にかけ、こう言う。「お前のおじいちゃんはこれを着てあの世に行くんだよ」と。いったいそれがどういう意味なのか私にはさっぱりわからない。

私はビニールに手を触れ、つるっとした上着の襟に手を触れる。それはおじいちゃんと一緒にあの世に行ってしまうのだ。当時の私にとってはそれはたくさんあるミステリーのひとつに過ぎなかった。


そのあとの長い期間があって、そのあいだに私の親戚たちが一人また一人と死んでいった。それから父さんの番がやってきた。

私は腰を下ろして、彼が自分の煙に包まれて空にのぼっていくのを見ていた。父さん

は背広を持っていなかったので、間に合わせに
安物の替え上着とネクタイを着せられたが、
それはまったく惨めななりだった。唇は針金で
微笑んだような格好に曲げられ、
人々にこう言い聞かせているみたいだった。「大丈夫、
見かけほど悪くないんだよ」と。でも私たちはごまかされない。なにしろ
彼は死んでいるんだもの。それ以上悪くなりようもないくらいじゃないか。（瞼も
また縫い合わされ、おぞましい展示を目撃する必要がないようにされている）私は
父さんの手に触れた。冷たい。頬には、顎に沿って小さな無精髭が
伸びている。冷たい。

今日、私はこのややこしいものを深みの中から釣り上げた。
ほんの一時間ばかり前に、私はクリーニング屋に行って自分の背広を
受け取ると、それを注意深く車の後部席にかけた。
私は家に帰ると車のドアを開け、
光の下にそれを出した。私はそのまましばらく路上に

立っていた。私の指は針金のハンガーの上で曲げられていたが、やがてビニールに穴を穿って、向こう側にまで抜ける。中身のない袖のひとつを指のあいだにはさんで、じっとつかんでいる――粗い、くっきりとした手触りの生地だ。

私は向こう側にまで届いたのだ。

IV

一八八〇年、クラクフに戻る

そのようにして私は巨大なる都からここに戻ってきた。
王家の墓所のある、カセドラルが聳えたつ丘の麓の、
狭い谷間の町に。塔を見上げる広場に。
甲高いラッパの音が正午を告げる。途中で
ばたりとその音が止むのはタタール人の矢が
再びラッパ手を射抜いたからである。
鳩たちがいる。花を売る派手なスカーフ姿の女たちがいる。
教会のゴシック風の柱廊の下でお喋りに耽る人々がいる。
トランクにいっぱいの私の本も到着した。ここが最後の場所だ。
私の苦多き人生について知りうるのは、それが生きられた、ということだ。
銀板写真に写っているよりは、記憶の中での方が、人々の顔はより青白い。
覚書や手紙を毎朝書く必要ももうない。
他の誰かが、いつもながらの希望を抱きつつ、引き継いでいくことだろう、

詮なきことと知りつつ、そのために我々が人生を捧げているあの希望を抱えて。
我が祖国は今と同様に続いていくことだろう、帝国の裏庭として、
安っぽい白昼夢の中で、その屈辱の傷を癒しながら。
私は杖をつきながら朝の散歩に出る。
老人たちの場所は新しい老人たちによって占められている。
さらさらと鳴るスカートをはいた娘たちがかつてそぞろ歩いていたところを
今は新しい娘たちがそぞろ歩いている。得意気にその美貌を見せびらかしながら。
子供たちはもうこれで半世紀以上も輪回しを続けている。
地下室の靴直しが作業台からふと顔を上げると、
一人のせむしがひそかな嘆きを胸に通り過ぎ、
それから華麗な婦人が一人、ふくよかな大罪の姿をとって、通り過ぎる。
そのようにして世界は、すべての日常些事の中に、
人の生活の中にひき続いていくのだ、とり返しのつけようもなく。
それは救済ではないか。勝ったり、負けたり、そんなことは
もし世界が私たちを結局忘れてしまうのなら、いったい何だというのだ？

——チェスワフ・ミウォシュ

（ミウォシュとロバート・ハスの英訳による）

Return To Kraków In 1880

日曜日の夜

あなたのまわりにあるものを利用するといい。
たとえば窓の外に降る
このおだやかな雨。
わたしの指のあいだの煙草
カウチのうえにのせられた両足。
かすかに聞こえるロックンロール
わたしの頭のなかにある赤いフェラーリ。
女は飲んだくれて台所を
ドスンドスンと歩きまわっている……
それらをみんな集めて
利用すればいいのだな。

Sunday Night

画家と魚

その日一日、彼は機関車のように働いたのだ。
つまり絵を描いていたわけだ。さらさらさらとまるで
機械仕掛けみたいに絵筆が動いた。それから
家に電話をかけた。それまでだった。それで
一巻の終わり。まるで木の葉のように彼は震えた。そして
また煙草を吸いはじめた。横になり、それからまた
起き上がった。女がせせら笑って、あなたもうこれで時間ぎれよ
と言う、そんなときに誰が寝たりできるものか。彼は
車で町に出た。でも酒を飲みにいったわけじゃない。
ただ散歩がしたかっただけなのだ。「ザ・ミル」と呼ばれる
製材所《ミル》の前を通りすぎた。切られたばかりの材木の匂いが
鼻をつき、いたるところに明かりがともり、男たちはぼろ車や
フォークリフトをあやつり、忙しく立ち働いていた。

木材は倉庫の天井にまでうずたかく積み上げられ、機械のうなり、うめきが耳に届く。思い出すのは実に簡単だな。彼は歩きつづけた。雨が降りだしていた。なるべく邪魔にならないように降りますから、私がいたことだけは忘れないでくださいといった風情のすごく穏やかな雨だ。画家はコートの襟を立てて、忘れないでおこうとつぶやく。灯のともった建物の前に出た。中の一室では、大きなテーブルをひとつ囲んで男たちがカード遊びをしていた。帽子をかぶった男が一人窓の前に立って、パイプをくゆらせながら外の雨を眺めていた。そのようなイメージも忘れたくないもののひとつだった。でもそれから思いなおして、肩をすくめた。何になるっていうんだ？

ずっと歩いていくと杭がほとんど朽ちかけた桟橋に出た。雨足はいまでは強くなっていた。水面を打つ雨はしゃっしゃっと音をたてた。雷がやってきて去っていった。まるで記憶のように、まるで天啓のように、稲妻が大きく空を走った。ちょうど彼が絶望のいちばん深みにはまっていたそのときに、魚が一匹、桟橋の下の暗い水からさっと姿を現し、それから姿を消し、やがてまた閃光の中に現れ、なんと尻尾ですっくと立って、身震いしたのだ！画家は自分の目を、自分の耳をほとんど信じることができなかった。俺は今、徴《しるし》を受け取ったのだ——信仰心とは

関わりなく。画家の口はあんぐりと
開けられたままだった。家に帰りつくまでに、
彼は煙草をやめ、もう二度と電話で話をしたりは
すまいと誓いをたてていた。
スモックを着て絵筆を手に
取った。さあもう一回仕事に取りかかろうと。
でも見当がつかない。なにもかもがひとつの
キャンバスにうまく収まりきるものだろうか？　かまう
もんか。もし駄目だったら、
またべつのキャンバスでやりなおすまでのことだ。
ぜんぶ描くか、あるいはゼロかだ。稲妻、水面、
魚、煙草、カード遊び、機械、
人のこころ、その古き港。
そして受話器に向けられた女の
唇、やはりそのことだって。
冷たく曲げられた彼女の唇。

お昼に

「鴨のスープ」が出てくる。それでおしまい。しかしこの肉汁を飲み込むのはまったくもって至難のわざである。ろくに洗ってもいない野生の鴨の肉片と内臓が愛想なく浮かんだ、ねとねとの液体……美味には程遠いしろもの。

――アントン・チェーホフ『シベリヤの旅』

At Noon

アルトー

象形文字や、仮面や、未完成の詩のなかで
その見世物はくり広げられる。アントナンとその分身。
それらは今、旧きデーモンたちを呼び起こすべく、たち働いている。
かの魔術、エトセトラ。長身の、傷痕のある男が
机に向かっている。煙草を手にして、
その口には歯と呼べるようなものはほとんどない。この男は
向こう見ずの傾向があり、言説身振りが
大仰になりがちなのだが、もう片っ方の男は細心にして、
注意深く機を待ち、むしろ控えめと言ってもいいくらいである。でも
折にふれて、傲慢であるほかない已れの存在はやはりうまく隠しきれずに、
あからさまに、苛立たしげにそれを匂わせる。

アントナン、たしかにそのとおり、傑作なんてものはもうどこにもない。

でも自分でそう言いながら、君の手はぶるぶると震えていたじゃないか。

そしてあらゆるカーテンの後ろには、君も知っていたとおり、衣ずれの音が聞こえるんだよ。

用心

朝の暗いうちに詩を書こうとしているときに
誰かに見られているという鮮明な感触があった。
彼はペンを置いてあたりを見回した。やがて立ち上がり、
部屋から部屋へと家の中を調べてまわった。
押入れをひとつひとつ覗いてみる。もちろん何もない。
でもいちおう念には念を入れなくては。
彼は明かりを消し、暗闇の中にじっとしていた。
その感触が消えてなくなるまで、彼はパイプをくゆらせた。
あたりがだんだん明るくなる。彼は目の前の白い紙に
目をやった。それから立ち上がり、
もう一度家の中をぐるりと一周してみた。
息遣いの音が、彼のあとをついてくる。
その他には何もない。それはたしかだ。

何もない。

ひとつくらい

空が興奮の色に染まったその朝、一刻も早く机に向かいたくて
早いうちから彼は目を覚ました。トーストと卵を食べ、煙草をふかし
コーヒーを飲みながら、これからとりかかる仕事についてずっと考えていた。
森を通り抜ける険しい道のり。風が空の雲を
吹き飛ばし、窓の外の枝にわずかに残った木の葉を
ぱたぱたとふるわせた。彼らに残されているのはあと数日。
数日ののちには、木の葉は消えてしまう。そこにはひとつの詩があるな、たぶん。
そのことを考えてみなくては。彼は机の前に
座り、長いあいだ迷っていたのだが、やがてひとつの
決断をした。それは結局、その日に彼がなした
もっとも重要な決断であった。彼の欠陥だらけの人生が彼のために用意した
何ものか。彼は詩の収められた紙ばさみをわきに押しやった。
とくにその中のひとつの詩は、寝つかれぬ夜を過ごしたあとでも、彼の心をまだ

しっかりとつかんでいたのだけれど（でも結局のところ、ひとつくらい増えても減っても、なんていうことないだろう。どうせまだしばらく日にちはかかるんだものな）。彼の前には手つかずの一日が広がっていた。

まずは周辺を整理しておいた方がいいな。現実の用事をいくつか片づけてしまおう。長いあいだほったらかしにしていた家の雑用もすませておこう。さあやるぞ。その日一日、彼は必死に働いた。

そこには愛憎乱れる感情が入り込み、憐れみの心が少し（ほんの少し）あり、仲間意識があり、絶望と喜びさえあった。

彼の人生の遥か彼方にいる人々とか、これまでに会ったこともなければこれから会うこともないであろう人々に向かって手紙を書いていると、そして「イエス」とか「ノオ」とか「ことと次第によって」とか返事をし許諾の、拒絶の理由をいちいち説明していると、時折憤怒の念が勢いよく燃え上がったが、それもやがてすうっと消えていった。こんなことって果たして大事なのかな？　何かそこに意味があるのかな？

大事な場合もあるにはある。彼は電話を受け、電話をかけた。おかげで追加の電話をかける必要ができてしまった。誰々さんに電話をかけると、すみません今は話せないんです。明日こちらからかけますから、という答えが返ってきた。日が落ちる頃にはもうくたくた、一日かけてまっとうな労働に似たようなことをしたという手応え（でももちろんそいつは錯覚）を感じつつ一服して目録を作り、もし物事をおろそかにしたくなかったなら、そしてもうこれ以上手紙を書きたくなかったら
――書きたくなかった――明朝かけなくてはならない
二、三の電話をメモした。そうこうするうちに、
やれやれこんなこともううんざりだな、と彼はふと思った。でもとにかく最後までやっちまおう。数週間前から延ばし延ばしにしていた手紙の返事をひとつ書いてしまうのだ。それから彼はふと顔を上げた。外はもう暗い。

風はやんだ。木々も――今ではもうしんとしている。木の葉はあらかたもぎとられてしまった。でもこれでようやく、一件落着。

彼が目をそらしつづけている詩の紙ばさみをべつにすればということだが。彼はとうとう紙ばさみを引き出しに入れて、目につかないようにする。うん、これでよし。引き出しの中なら安全だし、その気になればすぐに取り出せる。すべては明日だ。今日できることは洗いざらいすませた。

あと何人かに電話しなくちゃならないし、よくわからない誰かから電話がかかってくるはずだ。電話のおかげで短い手紙を何通か書くことになった。
でもやれやれ、やっと片づいた。これでなんとか森の中からは抜け出せた。お疲れさま。これで枕を高くして寝られるというものだ。やらなくてはとずっと気になっていたことなのだ。彼の義務感は満たされる。彼は誰をも失望させなかった。

でも整頓された机に向かっているそのときに
朝のうち書こうとしていた詩の記憶がさわさわと
彼の心を悩ませた。それにもうひとつそこには、置き去りに
してしまった詩があるのだ。
大事なのはそいつじゃないか。それ以外のあれこれなんて実に
取るにもたりないことだ。なのにこの男は一日じゅう電話でべらべら
お喋りをしたり、阿呆な手紙を書いたりしていて、そのあいだ
ずっと彼の詩は投げ出され、放りだされ、見捨てられ——

それどころじゃない、試みられてさえいない。この男には詩なんてもったいないぞ。
こんなやつに仮にも詩心と名のつくものが宿ってよいものか。
　この男の詩が、もしこれ以上この世に生み出されるとしたら、
そんなもの鼠にでも食われてしかるべきだな。

One More

鳥市にて

鳥の愛好家を欺くことはできない。遠くからでも
彼は鳥を見分け、理解することができる。「その鳥は
あてにはならんですぞ」とマヒワの嘴を覗き込みながら、
その尻尾の羽根の数をかぞえながら、愛好家は
言うだろう。「こいつはたしかに今はうたっております。しかし
それが何だというんです。仲間がいれば私だってうたいます。そうじゃなくて、
お前、仲間のいないところで、元気に叫び、うたうのだよ。さあさあ
ひとりきりでうたうんだよ……そのひそやかな歌をひとつ
私に聞かせておくれ！」

――アントン・チェーホフ『鳥市』

At The Bird Market

メモでふくらんだ彼のバスローブのポケット

お兄さんのモリスの話をしているときに、テスはこう言った。

「彼はいつも夜に不意打ちを食らう。彼は信じようとしないの、夜が来るんだということを」

そのとき私はバーベキュー・リブを食べていて歯を折ってしまった。私は酔っぱらっていた。我々はみんな酔っぱらっていた。

十六世紀初期のそのベルギーの画家は本名のかわりにこんな名前で呼ばれていた。

「装飾をあしらった葉っぱの巨匠」と。

若い新婚の夫婦が、ピクニックのあと森の中で道に迷ってしまう。そこから小説が始まる。

三ヵ月ばかり留守をして家に戻ると、ポーチに何羽もの鳥が死んで横たわっている。

その警官の爪は、肉のあたりまでしっかりと嚙まれたあとがある。

万引き常習犯のローラ叔母さんは、自分の父親からも他の酔っぱらいからもかっぱらった。

ダグとエイミーの家での夕食。例によってスティーヴが一席ぶつ。ボブ・ディランについて、ヴェトナム戦争について、グラニュー糖についてコロラドの銀鉱について。そして例によって、我々が席に着くとすぐに電話のベルが鳴って、受話器がテーブルを一周し、みんなが何かひとこと言うことになる。（やあ、ジェリーだよ）料理は冷たくなっている。どのみち誰もが食欲を失っている。

「我々は痛手をこうむりました。でもまだ作戦行動をつづけることは可能です」とスポックがカーク船長に告げる。

ハイドンの一〇四の交響曲のことを思い出してほしい。全部が全部傑作というのではない。でもとにかく一〇四あるのだ。

飛行機の中で会ったラビが私のことを慰めてくれた。それは私の結婚生活が決定的な破局を迎えた直後のことだった。

断酒会に行ったクリスの話。そこに身なりの良い一家が入ってくる（ラリったみたいな顔してね、と彼女は言う）。というのもその一家はついさっきピストル強盗に金を奪われたところだったのだ。

ウエット・スーツを着込んだ三人の男と一人の女。モーテルの部屋のドアは開けっぱなしで、彼らはみんなでテレビを見ている。

「私は艦隊の任を解き、マケドニアの岸辺に
帰してしまうつもりだ」リチャード・バートン『アレキサンダー大王』

電話の受話器をはずしていたときのことを忘れてはならない。
毎日毎日、朝から晩まではずしっぱなしだったんだものな。

借金取り（ブリティッシュ・コロンビア州ヴィクトリアでの話）が未亡人に尋ねる。差し押さえ係の人間がお墓を掘り返して、ご主人の遺体のスーツをはがして持っていってもいいんですかね、と。

「あなたのその深い悲しみこそがなによりの証《あかし》」モーツァルト
『皇帝ティトの慈悲』第二幕、第二場。

エル・パソのその女性は我々に家具をくれたがっている。
でも彼女の神経がいかれてしまっていることは明白である。

それに手を触れるのが怖い。やがて我々はベッドと椅子をいただくことにする。

デューク・エリントンがリムジンの後部席に乗っている。インディアナかそこらあたりの話だ。読書灯で本を読んでいる。隣にはビリー・ストレイホーンがいるが、彼は眠っている。タイヤが路面にしゅうっという音を立てる。デュークは本を読みつづけ、ページを繰りつづける。

私の手には――あとどれくらいの時間があるのだ？

もうふざけまわるのはなしだ！

His Bathrobe Pockets Stuffed With Notes

ロシアへ進軍

この先一行なりとも詩を書くのだろうかと
考えることを彼があきらめたちょうどそのとき、
彼女は髪をとかしはじめた。
そして彼のお気に入りの
アイルランドの民謡を口ずさむ。
ナポレオンと彼の
「麗しの薔薇の花束、ああ！」についての唄。

The March Into Russia

「ポエトリー」についてのちょっとした散文

昔のことだけれど——たぶん一九五六年か五七年だったと思う——私は十代で、すでに結婚していて、ヤキマというワシントン州東部の小さな町で、生活のために薬の配達の仕事をしていた。私はその日、処方した薬を持って、車で町の裕福な地域の家まで届けにいった。カーディガンを着た、頭はたしかだがものすごく高齢の老人が、いかにも用心深い顔つきで、私を家の中に招き入れた。今小切手を切るから、ちょっと居間で待っていてくれと彼は言った。

居間には本が溢れていた。実際の話、いたるところに本があった。コーヒー・テーブルの上に、エンド・テーブルの上に、ソファーの脇の床の上に——とにかく部屋の中の考えられるかぎり目につくかぎりの平面の上には本が置かれていた。その部屋のひとつの壁は小さな図書室のようにさえなっていた（私はそれまで個人の図書室というようなものを目にしたことがなかった。誰かの家の中に作りつけの書架があって、そこに何列も何列も本が並んでいるというようなものを）。あちこちきょろきょろと目を走らせながらそこで待っているときに、私はコーヒー・テーブルの上に載っている一冊の雑誌に目をとめた。その表紙には風変わりな、そして――私にとっては――びっくりするような題が印刷してあった。「ポエトリー（詩）」という題だ。私は唖然として、その雑誌を思わず手に取った。それが私のめぐりあった最初の〝リトル・マガジン〟（文芸誌）だった。ましてや詩の専門誌なんて見たことも聞いたこともない。そして私は口もきけないくらい驚いてしまった。たぶんもう我慢ができなかったのだろう、私はそのあと一冊の本を手に取った。それはマーガレット・アンダーソン編集による「ザ・リトル・レヴュー・アンソロジー」というものだった（正直に言うと、その当時の私は「編集」という言葉の意味さえぜんぜんわからなかったのだ）。私はその雑誌のページをざっと繰ってみた。それからなおも厚かましく本の方のページにすばやく目を通していった。その本には詩がいっぱい掲載されていたが、なかにはいくつか散文や、それぞれの作品に関するコメントや註釈が何ページもついていたりした。いったいこれは何だろう、と私は首をひねった。私はそんな本を目にしたことは一度もなかった。ましてや「ポエトリー」などという雑誌を見たこともなかった。私はそれら二つの出版物をかわるがわる眺めた。内心どちらも欲しくて欲しくてたまらなかった。

老人は小切手を書き終えると、まるで私のこころを読み取ったかのように言った。

「その本を持っていってかまわんぞ、坊主。何か気に入った作品がそこに見つかるかもしれんしな。詩に興味があるのかな？　ならその雑誌も持っていけばいい。自分でそのうちに詩を書くことになるかもしれんし、そのときには送り先が必要になるだろう」

送り先。何かが――いったいそれが何かはわからないのだけれど、とてつもない何かが今起こりつつあるのだと私は感じた。私はそのとき十八か十九で、自分は「何かを書く」必要があるのだという強迫観念をいだいて生きていた。そしてそれまでに詩を書こうとして、不細工な悪戦苦闘を何度か経験していた。でもそのときまで、私は夢にも思わなかったのだ。そういう作品を送る先があって、うまくいけば読んでもらうことができて、もっとうまくいけば――それはそのときの私にはもう想像を越えたことであったのだが――活字になる可能性だってあるのだということを。しかしたった今、ああ神様、私のこの手の中に、この広い世界には詩を専門とする月刊誌をつくっているきちんとした人たちが存在するというはっきりとした証拠があるのだ。私の頭はフラフラしていた。私は、繰り返すようだが、神の啓示を眼前にしているような気分だった。私は何度も何度もその老人に礼を言い、彼の家をあとにした。私は彼の小切手を私のボスである薬剤師に手渡し、「ポエトリー」と「ザ・リトル・レヴュー」

を家に持ってかえった。そのようにして教育がはじまった。

いうまでもないことだが、その号に載っていた筆者たちの名前をいちいち思い出すことはできない。おそらくその雑誌にはすでに名をなした年嵩の何人かの詩人たちと一緒に、無名の若き詩人たちの作品が収録されていただろう。それは今も昔もだいたい同じようなものだから。当然のことながら、私はそれまで彼らの名前を耳にしたこともなかったし、その作品を目にしたこともなかった。現代詩にせよ、同時代詩にせよ、いかなる分野の詩にせよだ。私が覚えているのは、その雑誌がハリエット・モンローという名前の女性によって一九一二年に創刊されたということだけだ。私がその年号をちゃんと覚えているのは、それが私の父の生まれた年と同じだったからだ。その夜遅く、読み疲れて朦朧とした頭で、私ははっきりとこう感じることができた。私の人生は今まさに、ある重大な意味を持つ、そして（このような厚かましい言い方を許していただきたいが）荘厳なる路程に足を踏み入れんとしているのだと。

そのアンソロジーの中に、文学における「モダニズム」に関する、そしてモダニズムの伸長にあたって大きな役割を果たした、エズラ・パウンドという奇妙な名前の人物に関する真面目な論議があったことを私は覚えている。彼の詩のいくつかと、書簡と、規則のリスト――文章を書くにあたってやっていいことといけないこと――がそのアンソロジーの中に含まれていた。私はそこで知ったのだが、「ポエトリー」の創成期に、エズラ・パウンドはこの雑誌の――その日にたまたま私に手渡されたまさにこの雑誌の――外国編集者をつとめていたのだ。それだけではなく、パウンドは「ザ・リトル・レヴュー」にはもちろん言うに及ばず、モンローの雑誌にも数多くの新人の詩人たちの作品を紹介する役を果たしてきた。パウンドは誰もが知っているとおり、疲れを知らぬ編集者であり、詩人たちの良き後援者であった。H・D、T・S・エリオット、ジェイムズ・ジョイス、リチャード・オルディントンといった面々は、彼が後援した詩人たちのごく一部である。詩の運動についての討論があり、分析があった。イマジズムというのがその運動のひとつだったと私は記憶している。「ザ・リトル・レヴュー」と並んで、「ポエトリー」もまたイマジストの作品に対して好意的な雑誌のひとつであるということを私は覚えた。そのころには、私の頭はもう興奮でくらくらしていた。その晩まともに眠れたかどうか、私には見当もつかない。

最初に述べたように、それは一九五六年か五七年のことだった。となると、いったいどんなわけがあって、私が初めて「ポエトリー」に自分の詩を送るまでにそれから二十八年以上もの歳月が必要だったのだろうか？　実はわけなんて何もないのだ。驚いたことには（この驚きこそがきわめて重要なファクターなのだが）、一九八四年に私が作品を送ったときには、雑誌はまだ発行されていて、まだばりばりの現役で、昔と同じように一家言ある人々の手によって――彼らの目的はそのユニークな事業をとどこおりなく運営しつづけることにある――編集されていた。そしてそれらの人々のひとりが、編集者の資格で手紙をくれ、私の詩を褒め、六篇を近いうちに掲載させていただきたいと言ってくれた。

それで私が誇らしい気持ちになれただろうか、嬉しかっただろうか？　もちろん、いうまでもないことだ。私の感謝の念の一部は当然、私に雑誌を譲ってくれたあの名前も知らぬ優しい老人に向けられるべきだろう。彼はいったいどういう人だったのだろう。きっともうずっと前に亡くなってしまって、彼のあのこぢんまりとした図書室の蔵書は、ささやかにして、偏執的にして、そしておそらく結局のところはたいして価値のないコレクションが行き着くべき場所――つまり古本屋――に流れていってしまったのだろう。あの日、私は彼にこう言った。僕はこの雑誌とこの本を読んで、その感想を言いにまたここにうかがいたいのです、と。でももちろんそんなことはしなかった。あまりに多くの物事が、私の前にたちはだかっていた。約束をするのは簡単だけれど、その家を出てドアを閉めた瞬間に、そんな約束はあっさりと破られてしまった。私はそれ以来、その老人には会わなかったし、名前も知らない。私に言えるのは、これは現実に起こった出来事であり、だいたいここに書かれたとおりだった、ということだけである。私はそのときには本当に何も知らない子供だった。でも今だって、その瞬間のことにはうまく説明がつかない。簡単に理屈をつけてかたづけてしまうのは不可能だ。その瞬間に、私が人生においてもっとも激しく必要としていたものが——それをみちびきの星と呼んでもいい——こうもあっけなく、こうも気前よく私の手にひょいと渡されたのだ。その凄い瞬間にいささかなりとも匹敵するような出来事には、それ以来いちどもお目にかかっていない。

詩

今月、彼らは毎日のようにやってきた。
かつて僕はこう言ったことがある。
他に何かをやるような暇がないから僕は
詩を書くのだと。つまりそれは、詩や韻文なんてもの
を書くよりも他に、立派なことができないから
――ということだ。でも今では僕は詩を書きたい
から詩を書いているのだ。
というのも、なにしろ
今は二月で
この月には通常たいしたことは何も
起こらないから。でもこの月には
カラマツの花が咲いたし、
毎日太陽が顔を見せた。

たしかに僕の両方の肺は
まるでオーヴンみたいに熱をもっている。
もしどこかの人々が、僕のかかわっている
場所で、僕の「もう一方の靴が脱げ落ちるのを
待っている」からといって、それがなんだろう。
さあ、これをあげよう。遠慮しないで
履いてみればいい。靴のようにうまく
合うといいのだけれど。
だいたいよさそうじゃないか、うん、柔らかい靴
だから、足が呼吸できる余裕もある
はずだよ。さあ立って、少し歩いてみて
ごらん。その感じ、わかるかな？　あなたの行くところに
それはついていくんだよ。そしてあなたの旅の終わりまで
それはあなたとともにいるんだよ。
でも今のところは、裸足でいるんだね。しばらくのあいだ
外に出て、遊んでいるといい。

（訳注）「もう一方の靴が脱げ落ちるのを待っている」、これは本来は「気をもみながら待つ」という意味ですが、ここではそのまま文字通りに靴の話に移るので、翻訳ではこうなってしまいます。

手紙

ねえ君、僕がベッドサイド・テーブルに置き忘れたノートをこちらに送ってもらえないかな。もしテーブルの上になかったら、テーブルの下を探してみてほしい。あるいはベッドの下かもね！　とにかくどこかそのへんだよ。ノートじゃなかったら、二、三行走り書きした紙切れかもしれない。でもそこにちゃんとあるはずだ。それはあのときに僕らが医者のルースから聞いたばあさんの話について書きつけたものなんだ。なにしろその「汚くて、垢で塗り固められた」（これが医者の言葉だもの）八十いくつかのばあさんときたら自分の体のことなんかおかまいなし、服はみんな体にぴったり張りついていて、緊急治療室でべりべりとひっぺがさなくてはならなかった。「すみませんね。ああ、みっともない、みっともない」とばあさんは言い続けていた。服の臭いをかぐと、ルースの目は焼けるように痛んだ！　爪は伸び放題、くるっと内側に巻きかけている。彼女は息をしようともがいていた。目は恐怖のために裏がえっていた。しかしそんな状態でも、ばあさんはルースにいくらか身の上話をするだけの余裕があった。自分はかつてはマディソン街で社交界デビューした娘だった。でもパリに行ってミュージック・ホールの踊り子になると、父親は自分を勘当した。

ルースと病院の他のスタッフは、この女はたぶん妄想の中にいるんだろうと思った。でも彼女は、今は音信不通だが自分にはこういう名前のゲイの息子がいて、この街でゲイ・バーを経営していると言った。息子はその話をぜんぶ裏付けた。女の言ったことはいちいち真実だった。それから女は心臓発作を起こして、ルースの腕の中で死んだ。

でも僕は、その話を聞いたあとでそれ以外に自分がどんなことをメモしたか見てみたい。

今から六十年前にその娘がルアーヴルの港に降り立ったときの

ことを再現することができるかどうかを見てみたい。
フォリー・ベルジェールの舞台で
一旗あげてやろうという決意を胸に抱いた美しい娘。頭の上まで
足をキックしながら、跳ねることだってできる。羽根かざりと網ストッキングを
身につけ、踊りに踊る。フォリー・ベルジェールの仲間の娘たちとしっかり
腕を組んで、フォリー・ベルジェール風のハイステップ。あるいはそういうことが
あの青いクロス張りのノートに書いてあるかもしれない。ブラジル旅行から
帰ったときに君が僕にくれたやつだよ。ホテルの
近くの競馬場で僕が当てた馬の名前（ロード・バイロン）の隣に、僕は自分の手書き
の文字を見ることができる。でも問題はその女だ。垢のことなんてどうでもいい。
体重が三百ポンド近くあったことも問題じゃないんだ。
記憶は、自分がどこに住んで、いかように肉体を嘲笑おうと、
気にもしない。「私は昔、アイデンティティーについていささかのことを
学んだわ」とルースはインターン時代を回想する。「私たち
若い医学生たちはみんな死体の手をじっと見ているのよ。それは
人間の匂いがいちばん最後まで

留まる部分なの――手よ」そしてその女の両手。僕はそのときメモを取った。まるですらりとした腰にあてられたその両手が目の前にありありと見えるみたいに。ルースがそっと放して、それ以来忘れることができなくなったのと同じ、その手。

若い娘

思わずたじろいだ出来事をみんな忘れてしまおう。
室内楽にかかわることもすっかり忘れてしまおう。
日曜日の午後の美術館だとか、そういうあれこれ。
古き時代の巨匠たち。そういうものすべてを。
若い娘たちのことも忘れよう。なんとかしっかり忘れてしまおう。
若い娘たち。そういうあれこれすべて。

The Young Girls

V

「エピローグ」より

しかし、何がおこったかを語ってもいいじゃないか。

——ロバート・ローウェル

From Epilogue

不埒な鰻

南フランスにいるときに、別れた女房が電話をかけてきた。これはあなたの「一生に一度」のチャンスなのよと彼女は言った。そのメッセージを留守番電話に吹き込んでいったのだ。ちょうどパーティーがたけなわでお馴染みのその声に耳を澄ましているあいだにも、友人たちは続々と姿を現していた。秘密めかした、でもきっぱりとした声色。何か世の中に尽くそうという熱っぽさがうかがえる。

　　私はどんどん落ちぶれているわ。でも
　　それが言いたくて電話したんじゃない
　　のよ。私が言いたいのは、今がそれこそ濡れ手で粟、
　　千載一遇の大チャンスだっていうこと。
　　詳しい事情を教えるから帰ったら電話ちょうだいね。

そしてがちゃん。もうはるか三週間前のことだ。でもすぐにまた

電話をかけなおしてくる。もう一刻も待ちきれないみたいに。

ねえハニー、聞いて。これはよくあるインチキ話なんかじゃないのよ。もう一回言うけど、これはホントにちゃんとしたやつなの。「旅客機」っていう名前のゲームなの。あなたはエコノミー席からスタートしてそこからどんどん上にあがっていって、副操縦士の席までたどりつけるし、あるいは操縦士の席だって夢じゃないの。ツイテいればそこにだってたどりつけるのよ。あなたツイテいるでしょ？いつだっていつだって、あなたはツイテいたじゃない。あなたはこれで大金を手にすることができるわよ。これ冗談なんかじゃないのよ。詳しいことを教えてあげる。だから電話をちょうだいね、あなたの方から。

夕方の遅く、もう日暮れどきだった。それはちょうど穀物が結球しはじめる季節で、野原には花々が見事に咲き乱れていた——花は夜が深まるにつれて、頭を垂れていった。それは文字どおりの「闇の衣」をまとった夜だった。テーブルは屋外に出され、花がまさに満開の梨の木のあいだには蠟燭がともされた。蠟燭はそこで、月の明かりをおぎなうように、ほどなくおこなわれる帰郷の祝いを照らし出すことになるのだ。

彼はテープに吹き込まれた彼女の甲高い、うわずった声に耳を傾けていた。電話をちょうだい、とその声は何度も何度も繰り返した。でも電話をかけるつもりは彼にはなかった。そんなことはできない。できるわけがない。物事はすっかり終わってしまったのだ。このメッセージを受け取るほんのちょっと前には、彼の心は熱い情熱に溢れていた。そしてとにかく数分の間は、いろんなしがらみを忘れて開けっ放しになっていた。でも今ではその心も、もとの居場所に縮みあがって喜びもなく黙々と責務を果たすただのこぶし大の筋肉のかたまりになりはてている。自分にいったい何ができるだろう？
彼女は遠からず死んでしまうだろうし、自分だって
それは同じことだ。二人にわかっていて、今でも合意できるのは
それくらいのものだった。彼はこれまでの人生で実にさまざまな
ことを見聞きしてきたし、それらはどれをとっても奇妙さにおいては、この土壇場に
なって彼女が持ち込んできた「旅客機」の儲け話とどっこいどっこいだったが、
彼にはずっと前からわかっていた。自分とこの女とは、
若い日に交わした誓いとは裏腹に、ずっと遠く離れた場所で、
別々の生活の中で死んでいくだろうということが。
二人のうちのどちらかは――それは彼女の方だろうという暗澹たる確信を
彼は抱いていた――すっかり零落して錯乱のうちに死ぬことになるかも
しれない。今になってみれば、この予感はそのまま実現しかねない。
この先、何が起こっても不思議じゃない。俺に何ができるというのだ？
何もできない。できない。できない。できない。
あの女と口をきくことも、もう俺にはできない。
できないというだけではなく、話すのが恐ろしい。あいつはもう

狂っている。電話をちょうだい、と彼女は言った。

いや、電話をかけたりはしない。彼はそこに立って

じっと考えていた。それから二日ほど前のことを何の

脈絡もなくはっと思い出した。大西洋上空五万五千フィートを

時速千百マイルで突っ切っているときに

彼は本のなかにその一節を発見した。

とある若い騎士がおのれの報賞、つまり花嫁を迎えに、はねあげ橋の上に

馬を乗り入れる。彼はその女をまだ一度も

目にしたことがない。女は城の中で、やきもきしながら

待ちつづけ、何度も何度もその長い髪を梳いている。

騎士は馬に乗って雄々しく悠然とやってくる。その腕には鷹が止まり、

黄金の拍車が軽やかに鳴り、緋色のかぶりものには

プランタジェネスタの小枝が差してある。彼の背後には

家来たちが馬に乗って従う。磨き上げられた兜の長い列。太陽が

騎士たちの胸当てに眩しく輝く。

暖かい微風にのって、見渡すかぎり旗印がひるがえり、城の高い石壁から垂れ下がっている。

読みとばしていくと、少し先のほうでこの同じ男が、今は君主なのだが、幻滅と不幸の中に沈んでいて、粗野で乱暴な人間になっていることがわかった。あるページの真ん中あたりで、彼は酔っぱらって、鰻料理を喉に詰まらせて苦しんでいる。これはあまり心愉しい絵ではない。家来の騎士たちは（彼らもまた粗暴な殺し屋集団と化しているのだが）なすすべもなくただ主君の背中をどんどんと叩いたり、うす汚い指を喉の奥に突っ込んだり、足首をつかんで逆さに吊り下げたりするのだがその甲斐もなく、彼はやがてぐったりと息絶える。その顔と首は夕焼けみたいに赤く染まっている。

それから家来たちは彼を下におろす。彼の指の一本はぴんと立ったまま

そこに凍りついている。自分の胸ぐらを「ここだ」とでもいわんばかりに
ぎゅっと指さして。そこにそいつはひっかかっているのだ。
心臓のちょっと上のあたりに、その不埒な鰻はあるのだ。
この物語に登場する女性は黒の喪章をつけているが、
それからいったいどうなったものか、タペストリーの中にふっと
姿を消してしまっている。これらの人々はかつてはたしかにこの世に
生身の人間として生きていたのだ。でも誰がそんなことを覚えているだろう？
馬よ、私に教えてくれ。どんな騎手だった？　どんな旗印だった？
どんな見知らぬ手がお前たちの鎧を外してくれたのだ？
馬よ、どんな騎手だったのだ？

The Offending Eel

カタバミ

開いた窓の外に、彼は子供たちを連れた鴨の一群を目にすることができた。よたよたとよろけながら、彼らは道を急いでいた。どうやら池の方に向かっているらしい。一羽の小鴨が道の上に落ちていた臓物の切れ端をくわえあげ、呑みこもうとしたのだが、それが喉につまって、助けをもとめる鳴き声をあげた。別の小鴨がとんできて、その切れ端を嘴からひきはがすが、こんどはそいつがまたそれで喉をつまらせる……塀から少し離れたところでは若い菩提樹がレース飾りのような影を草地の上に落としていた。料理女のダーリヤはそのへんを歩きまわって、野菜スープに入れるためのカタバミを摘んでいた。

——アントン・チェーホフ『不快なできごと』

Sorrel

屋根裏部屋

彼女のあたまは、長年にわたっていろんなものが
放り込まれたままの屋根裏部屋だ。

家のいちばんてっぺん近くの
ちっぽけな窓にときどき彼女の顔が見える。

閉じ込められ、そのまま忘れ去られてしまった人が向ける
淋しげなその顔。

The Attic

マーゴ

彼の名前はタグで、彼女はマーゴ。
でも、二人の暮らしぶりを見ているうちに
みんなは彼女をカーゴと呼ぶようになった。
タグとカーゴ。彼はまさに前進あるのみ
の男だねと人々は言った。顔は髭だらけ腕は
毛むくじゃら。大男で、声も堂々としている。
彼女の方はずっとのんびり屋だった。髪は金髪。
夢みがち（うっとりと夢を見ている）。とうとう
彼女は束縛をのがれ、自分自身の力で船出をする
ことになった。そして本の中に描かれていた場所にも
行ったし、どんな本にだって、またどんな地図にだって
出ていないところにも行った。
女の子であり、カーゴでもある自分が

そんなところに行くことになろうとは夢想だにできなかった場所に。
少なくとも自分ひとりで行くことになろうとは思わなかったところに。

（訳注）tug は「引っ張る」、cargo は「荷物」の意味。

Margo

私の息子の古い写真について

時は再び一九七四年、そして彼がまた戻ってくる。つくり笑い、白のTシャツにオーヴァーオール、靴は履いていない。長い金髪が肩に垂れている。むかし彼の母親がそうしていたように。あるいは当時私が本で読んでいたギリシャの若き英雄たちのように。でも似ているところはそれだけ。そこにあるのは知ったかぶりの、唯我独尊の、人を小馬鹿にしたようなわけ知り顔だ。その手の顔はどこに行っても見わけられる。思い出すたびに私の心はじりじりと焼け焦げる。それだけはこの先もう二度と生きて目にしたくないと思った顔だ。その写真の少年のことを私は忘れてしまいたいのだ――この威張り屋の糞畜生め！

今日の晩飯はなんだい、おっかあ。さっさとやれよな！
てめえ、まったく何をグズグズしてるんだよ。よう、お前に
向かって言ってるんだぞ。ひとつヘッドロックでも
かましてやろうか、おふくろさんよ。どんなものか味わって
みたいか。きっと気に入るぜ。だらだら、だらだら
してんじゃねえよ。足を動かすんだよ、踊るんだよ、
ばばあ。ステップを知らなきゃ俺が教えてやろう。腕を
捩じりあげて教えてやろう。お願い、許してちょうだいって
言うまでな。目にアザをつけられたいか。上等じゃねえか。

ああ息子よ、その当時私は何百回となく――いや
何千回となくだ――お前なんか死んでしまえと思った。
それもみんな昔話になってしまったと思っていたのに
いったい誰がこんな写真を撮って、
なぜ今ごろそれがここに現れたのか。

ようやく記憶が薄らぎはじめたところだったのに。
お前の写真を見ていると、胃が痛みだす。
私は唇を結び、歯をくいしばり、再びあの
絶望と怒りがからだに溢れるのを感じる。
正直なはなし、私の手はまた酒の方にのびそうになる。
それはたしかにお前の強さと力のせいであり、お前がいまだにひきおこす
混乱と恐怖のせいなんだろう。かつてのお前はそれくらい
圧倒的だったんだな。なあ、私はこの写真が
大嫌いだ。あの頃の我々みんなのことも嫌いだ。
こんな当時の遺物が家にあるなんて、もう一時間だって我慢できない。
たぶんこの写真はお前のお母さんのところに送られるだろう。もし
まだどこかに生きていて、そのどこかに郵便が届けば
ということだが。それを受け取ったら彼女は私とは違う反応を
示すだろう。彼女がそこに見出し、感嘆の声をあげる
のは、お前の若さと美しさ、ただそれだけだ。
私のハンサムな息子、そう言うだろう。私の宝。

穴があくほど写真を眺め、その顔立ちの中に自分と似たところ
を探すだろう。あるいは私と似たところも（そして見つけるだろう）。
たぶん泣くことだろう。もし涙が少しでも残っていれば。
たぶん――ひょっとしたら――あの頃の日々がもう一度戻ってくれば
と願いさえするかもな！　人間、何を考えるかなんてわからんぞ。

でも願いというのは実現しないし、それはなによりなことだ。
でも彼女はお前の写真を当分のあいだテーブルの上に
置きっぱなしにして、それを見ては泣いたり笑ったりする
だろう。やがてそのうちに、お前は
大きな家族写真アルバムの中に落ち着く。他の気の触れた連中――
彼女自身やその娘や私や前の亭主なんか――と肩をならべて。お前は
そこにいれば安全だ。お前の餌食たちとぴったりとくっついていられる
んだからな。でも大丈夫だぞ、坊主――ページはいつか繰られる。先になれば
みんなもっとうまくいく。

Five O'Clock In The Morning

朝の五時に

父親の部屋の前を通り過ぎるときに、彼はその戸口にちらりと目をやった。エヴグラフ・イワーノウィッチは、服も着替えず、ベッドにも入らず、窓際に立って、窓ガラスをこつこつと指で叩いていた。

「お父さん。僕はもう行きます」と息子は言った。

「そうか……金は丸テーブルの上に置いてあるからな」父親は後ろを振り向きもせずにそう返事した。

使用人が彼を馬車で駅まで送るあいだ、冷たい嫌な雨がずっと降っていた……草の葉はいつもより暗く見えた。

——アントン・チェーホフ『重苦しい人々』

夏の霧

眠って、数時間のあいだすべてを忘れてしまうこと……
七月の霧笛を耳にして目覚めること。
重い心をいだいて窓の外に目をむけ、梨の木にかかった
霧を見ること。交差点の流れを緩慢にし、まるで
健康なからだを蝕んでいく病のようにあたり一帯をつつんでいる
霧を。彼女が生きることをやめたあとも生きつづけること……
　ライトをつけた自動車がゆっくりと通りすぎていく。そして時計は
五日前に逆戻りする。電話が何度も何度も鳴って、僕をこちらの世界につれ戻し、
あの人の死のニュースを僕にもたらした。彼女は何気なく家を出ていった。
マーケットで籠いっぱいの木イチゴを買って、その
帰りを待っていたのに。（今日この日から僕はこれまでとは
ちがった生きかたをするつもりだ。たとえばもう二度と、
朝の五時にかかってきた電話に答えたりはすまい。でもわかってはいても、それでも

やはり僕はつい受話器をとって、その運命的な言葉を口にしてしまったのだ、「もしもし」。これからはベルなんかずっと鳴らしっぱなしにしておくぞ）

でもなにはともあれ、僕はあの人の葬儀に出なくてはならない。今日、それも数時間のうちに葬儀がある。でも葬列がこの霧の中を墓地までのそのそと進んでいくというのは、なんだか空恐ろしいし、滑稽だ。町の人間はみんなどうせライトを灯して運転するし、観光客だって……

　この霧が午後の三時までには消えてしまいますように！
晴れあがった空の下であの人を葬ることができますように。陽光をなにより彼女はだいじにしていたのだから。だれだって知っている。この暗い仮面劇にあの人が加わっているのは、ただたんに選択権がなかったせいだということを。選択する力を彼女は失った！　きっとそんなことに本人は我慢ならないはずだ！　四月にスイートピーを植えようと決意することを愛し、まだ蔓ののびる前からせっせと支柱の用意をしていたあの人には。

＊

僕はこの日さいしょの煙草に火をつけ、ぞくっとひとつ身震いをして
窓を離れる。霧笛がもう一度鳴り、僕の心を
恐れで満たし、それからやがて途方もない哀しみで
満たす。

Summer Fog

ハミングバード

——テスに

僕が夏だなと口にして、
「ハミングバード」という言葉を紙に書いて、
それを封筒にしまって、
丘の下のポストまでもっていくところを
想像してください。その手紙を
開くと、あなたは思い出すことでしょうね
それらの日々のことを。そして僕がどれくらい、
もうどれくらいあなたを愛しているかということを。

出ていく

でかいキング・サーモンの真っ黒な口から
ニシンのアタマがいくつも吐き出される。その
アタマははすかいにすっぱりと切られている——
舌を巻く職人芸だ。本物の鮭釣り漁師と、
その鋭く滑らかな餌細工ナイフとの。
アタマを切られたニシンの本体の方は眩しい銀色の擬餌鉤《スプーン》の
十八インチ後ろにセットされる。アタマはぎゅっと
横に向けられて、斑になった水の中で沈み
回転するようになっている。やがて、それらの
アタマは我々の船にもう一度現れる。あろうことか、今度はぱっくり開いた
鮭の口からぐちゃぐちゃになって吐き出されるのだ！　それは後味の悪い
おとぎ話の歪んだ塊り。その話の中ではどのような祈りも叶えられず、
どのような協定も結ばれず、どのような約束も守られない。

我々はアタマを九つ数えた。まるで数えることじたいがすでに、後日それを語ることであるかのように。それらを海に、それらがもともといた場所に、投げ捨てるときに「ジーザス」と君は言う、「ジーザス」僕はモーターを始動させた。そしてもう一度我々は、ニシンを取り付けた針を水に投げ入れる。それまで君はプリンス・オブ・ウェールズ島でモルモン教徒のために伐採の仕事をしたときのことを話していた（酒もダメ、汚い言葉もダメ、女もダメ。一切ダメ、そこには仕事と給料があるだけ）。それから君はふと黙り込み、ナイフをズボンで拭いて、カナダの方を、そしてもっと先の方をじっと見やる。その朝ずっと君は何かを僕に語りたがっていた。そして君は喋りはじめる。どれくらい
君の奥さんが君と別れたがっているか、君に「去って」もらいたがっているか、なにしろ君が消えてしまえばそれでいいのだ。どこかに消えて、そのまま戻ってこないでよ、と彼女は言った。「さっさと出ていってよってさ。あいつはきっと俺が帆桁に

ぶっつけられて死ねばいいと思ってる」ちょうどそのときにどすんという衝撃。水面が泡立ち、糸がたぐり出される。それはどんどんたぐり出されていく。

Out

下流に

お昼に雨が降った。それは雪を流し去ってしまった。そして夕暮れどきに、私が河岸に立って、ボートが流れに抗しながらこちらに近づいてくるのを眺めているときに、雪まじりの雨が降りだした。……私たちは紫色の丈の低い柳の茂みにくっつくようにして下流に向かった。オールを持つ男たちが我々に話してくれた。つい十分ほど前に荷馬車に乗った一人の少年が、柳の枝をつかんでなんとか溺れることをまぬがれたという話を。馬車の方は流されてしまった。……葉を落とした柳の低木がさわさわという音をたてながら水の方に身をかがめていた。川の色がとつぜん暗くなった。……もし嵐がきたなら我々は柳のあいだに入って夜を過ごさざるを得なくなるし、結局は溺れてしまうだろう。進むしかないではないか？我々はそれについて採決をとり、そのまま漕ぎ進むことになった。

——アントン・チェーホフ『シベリヤの旅』

Downstream

網

夕方近くに風向きが変わる。入江に
まだ浮かんでいたボートは
岸に向かう。片腕の男がひとり
朽ちかけた船の竜骨に座って
ちかちかと光る網の始末をしている。
彼は目をあげる。何かを歯のあいだにはさんで
引っ張る。そしてきつく嚙む。
私はひとこともなく、そばを通り過ぎる。
この天候の変わりやすさと、
私の胸のやむことのない想いとに、
こころ乱されながら。私はそのまま
歩きつづける。ふと思いなおして振り向いたときには
遠くなりすぎて

男が網にかかっているみたいに見える。

The Net

かろうじて

その兄弟は自分たちのことを臆面もなく「死」と「眠り」と名乗った。二人は
夜の九時ごろ、ちょうど光がだんだん薄らいでいく時刻にうちにやって
きた。持ってきた機材を家の前に下ろした。蜜蜂、くまん蜂、
すずめ蜂を退治するための機材だ。これは「やわじゃない」仕事になる、とはじめに
どちらかが電話で言った。こいつらには本当に悩まされたんだものな、と僕らは
自分に言いきかせた。それになにしろおっかない。何か手を打たねば！
始末しちゃおう、と僕らは決めた。
花粉採集者、蜂蜜製作者としての彼らの短い生涯に終止符を打ち込むのだ。
こっちだってそれなりに迷ったのだ。これほどの
大がかりな絶滅作戦、僕らはただ啞然とするばかり。僕らは窓の
ところに行ってドライブを見下ろし、年嵩の男と若い男がそこに立って煙草を
ふかし、帰りの遅くなった何匹かの蜂たちが軒下の巣穴に向かうのを眺めているのを

目にした。これらの蜂たちは、すでに地平線に沈みかけた太陽に敢然と立ち向かっているみたいだった。空気はもうひやりとしていて、光はだんだん薄らいでいった。目を上げると窓ガラスごしに十四二十四の蜂たちが小さなこぶしくらいの塊りになってぶんぶんうなりながら、まだ真新しい彼らの都市に入るべく、順番待ちしているのが見えた。壁のずっと上の天井に近いあたりで、うろこだか翼だかがこすり合わされるようなさわさわという音を耳にすることができた。それから太陽がすっかり姿を消して、あたりは暗くなった。蜂たちはみんな中に収まった。兄弟のうちの若いほうが（たぶん「眠り」だ）梯子をドライブの南西のかどに据えた。交わされる言葉は僕らにはほとんど聞き取れなかった。それから「死」がばかでかい手袋を手にはめ、梯子をのぼりだした。背負子のように背中にくくりつけた重い金属缶のバランスを取りながら、ゆっくりと。片手にはホース、これは殺しのためだ。彼は明かりのついた僕らの部屋の窓を通過していった。とくに興味もなさそうに、居間にちらっと目を向けただけで。それから彼は止まった。ちょうど僕らの頭の高さ

くらいのところで。梯子段のブーツだけが見えた。僕らはなんとかいつもと変わりない調子でやっていこうと

これつとめた。君は本を手に取って、いつものお気に入りの椅子に腰を下ろし読書に集中しているふりをする。僕はレコードなんかをかけてみる。外はもう暗い。そして、前にも言ったように、どんどん暗くなっている。でも西の空にはまだサフラン色の残光が見えた。皮膚のすぐ下に見える血のように。サフラン、

その香料が刈り集められると、カシミールの農夫たちはみんな発狂寸前になってしまうのよ、と君は言った。畑はそのもわっとした重い匂いに包まれる。恍惚、というやつね。まるで本当に本を読んでいるみたいに、君はページを繰った。レコードは演奏を続けていた。それから「死」がその引き金を引いた。しゅっしゅという音が何度も何度も何度も聞こえてきた。下からは「眠り」が声をかけていた。「もっともっと盛大にやっちまえよ」と彼は言った。「そうだよ、ばんばんその調子だよ。よし、それでいい。もうそのへんでいいから、下りてきな」ほどなく彼らは引き上げていった。その長いうわっぱりを着た

二人組と、僕らがこの先会ったり口をきいたりすることは、二度とない。
君はワインのグラスを取る。僕は煙草に火をつける。そんな家庭のしるしが、
鋳鉄ストーヴの横にもやみたいにぽっかりと浮かんでいるあつかましい悪臭と
混じり合う。やれやれまったく！　と君は言った、あるいは僕が言った。それっきり
その話は出ない。口にも出せないことがあったみたいに。
夜更けに、月のあとを追って家が西に漂う中、僕らはまだ目を覚まして
いて、暗闇の中でナイフのように一緒になった。野生の獣のように一緒になった。
荒々しく、血まで流して——翌朝僕らはそれを「ラヴ・メイキング」と呼んだ。
僕らは見た夢のことは黙っていた。そんなこと口にはできない。でも夜中に一度、
眠れぬままに僕は、家がふと軋む音を耳にした。まるで溜め息のような音
だった。それからまた軋んだ。それは「和解《セトリング》」と呼ばれるものだと、
僕は思う。

Nearly

VI

虫のしらせ

「虫のしらせがあるんです……私は奇妙な、暗い予感に苛まれているんです。なんだかまるで愛する人の死が待ち受けているような」

「先生はご結婚なさっているんですか？　家族はおありなんですか？」

「一人もいませんよ。私には一人の友達すらおりません。ねえ奥さん、あなたは虫のしらせというものを信じますか？」

「ええ、そりゃ信じてますとも」

——アントン・チェーホフ『無限運動』

Foreboding

静かな夜

私はある浜辺で眠りについて、
べつの浜辺で目覚める。
船はすっかり支度が整い、
もやい綱をぐいぐいと引っ張っている。

Quiet Nights

雀の夜

雷が鳴り、稲妻が光り、雨が降り、風が吹くというひどい夜がある。人々はこれを「雀の夜」と呼ぶ。

私自身の人生にもそういう夜があった……


私は真夜中過ぎに目覚め、ベッドから文字どおりとびだした。どうしてかはわからないけれども、私には自分がいままさに死のうとしているように思えたのだ。どうしてそんなことを思ったのだろう？　肉体的には死を暗示するような徴候はまるでないのに、私のこころには恐怖が重くのしかかっていた。まるで炎のうつす広漠とした不吉な輝きを出し抜けに目にしたときのようだった。

私は慌てて明かりを灯した。水差しの水をごくごくと飲んだ。それから足早に開いた窓のところに行った。

外は申し分のない天気だった。
空気には干し草の匂いや、何か別のひどく甘い匂いが
混じっていた。柵の先のとんがりを見ることができた。
窓のそばの、やせ衰えて物憂げな樹を見ることができた。道路が、
暗い一本の筋のようにのびる林が、見えた。
空にはひどく明るい、澄んだ月が浮かんで、そこにはひとかけの
雲もなかった。すべてはしんと静まりかえり、木の葉はぴくりとも
動かなかった。何もかもが私を見ていて、私が死ぬのを
待っているみたいだった……私の背筋は冷たく
凍っていた。まるで内側にひきずりこまれていくみたい
だった。背後から、死がこっそりと足音を
忍ばせながらこちらに近寄ってくるような、そんな気がした……

――アントン・チェーホフ『退屈な話』

Sparrow Nights

レモネード

何ヵ月かまえ、本棚を作るためにうちに壁のサイズを計りにきたとき、ジム・シアーズは、たった一人の子供をエルホァ川の増水でこれから亡くすことになる人のようには見えなかった。もじゃもじゃ頭の、きっぱりした男で、棚段や、棚受けや、オーク着色の種類の違いなんかについて話し合っているあいだ、ぽきぽきと指を鳴らし、生命力に溢れた様子だった。でもここは小さな町だ。ここでは世間はほんとうに狭いのだ。それから半年ばかりがたち、完成した本棚がうちに届けられ、設置されたあとで、ジムの父親であり、「息子の代役」を務めているミスター・ハワード・シアーズがうちのペンキを塗るためにやってきた。「ジムは元気ですか？」と尋ねる。小さな町でのありきたりの挨拶という以上の意味はなく。すると彼は言う――実はジムは昨年の春、川で息子のジム・ジュニアを亡くしたんですよと。そしてジムはそのことで自分を責めていた。「それから立ち直ることができないんです」とミスター・シアーズは言う。「そのせいでなんだかアタマもちょいといかれちまったみたいでね」と彼はつけくわえる。シャーウィン・ウィリアムズのロゴ入り帽子のひさしをぐいと引っ張りながら。

ヘリコプターが息子の死体をトングのようなものでひっかけて、川から引っ張りあげる一部始終を、ジムはただそこに立ってじっと見物していなくてはならなかった。「でかいキッチン・トングみたいなのを使ったんでさ、こともあろうにね。そいつがケーブルの先についてましてね。でも言うじゃありませんか。神はもっとも清らかなるものをおそばに召されるのだってね」とミスター・シアーズは言う。「そこには私らにははかりがたい御意思がありなさるんでしょうな」「あなたはそれについてどう考えますか」と尋ねてみる。「私は考えたくなんかありませんな」と彼は言う。「神様のなさることに疑問を抱いてはいかん。それは私らにはわからんことですもの。私にわかるのは、あの子は今は神様の御もとにいるってことだけです」

彼は話をつづける。気分転換になるのではないかという一縷の望みを抱いて、奥さんがジムを連れてヨーロッパ十三ヵ国を旅行したこと。でもそれも無駄だった。彼は沈み込んだままだった。「作戦失敗ってわけだ」とハワードは言う。ジムはパーキンソン病にかかってしまった。悪いことは重なるものだ。

彼は今はヨーロッパから戻ってきている。でも彼はいまだに自分を責めている。その朝息子に、レモネードを入れた魔法瓶を車まで取りにいかせたことで。俺はなにもその日、レモネードなんて欲しかったわけじゃないんだ！　ああ神様、俺はいったい何を考えていたんだろうと、父親ジムは何百回となく――いや何千回となく口にした。まだ耳を傾けてくれる人がいれば同じ話を擦り切れるまで繰り返した。だいたいその朝、レモネードなんてものを作らなければよかった！　俺はなんていう馬鹿だったんだろう。さらに言えば、その前の晩にセーフウェイで買い物しなければよかった。オレンジとか林檎とかグレープフルーツとかバナナとかが置いてある隣にあの黄色いレモンを入れた大箱なんかなかったらよかった。父親ジムが本当に買いたかったのは幾つかのオレンジと林檎であって、レモネード用のレモンなんかじゃなかった。レモンなんていらないよ。彼はレモンが大嫌いだった――少なくとも今では大嫌いだ――でも息子のジムはレモネードに目がなかった。なにしろ大好物だった。レモネードが飲みたいよと子供が言ったのだ。

「こういう風に考えてみよう」と父親ジムは言ったものだった。「そのレモンはどこか別の土地から来たものに違いない。そうだろう？　たぶんインペリアル・ヴァリーとか、どこかサクラメントの近くから。そのあたりでレモンは作られている。そうだな？」人々はそこでレモンを植え、灌漑をし、あれこれ世話をする。やがてそれは摘み取り労働者の手で袋に入れられ、重さを量られ、箱に詰められ、鉄道だかトラックだかでこの神に見捨てられた土地に送られ、そこで一人の男がこともあろうに、子供を死なせちまうことになるのさ！　そのレモンの箱は息子のジムとそれほど歳も違わない少年たちの手でトラックから下ろされたことだろう。

レモンは同じ子供たちの手によって木箱から出され、その真っ黄色な香ばしい匂いを放ったことだろう。そしてレモンはどこかの子供の手で洗われスプレイをかけられただろう。その子供はまだ元気に生きていて今ものうのうと呼吸しながら何処かの通りを歩きまわっているはずだ。それからレモンはストアに運ばれて、大箱に入れられ、「最近フレッシュなレモネードを飲みましたか？」という客引き文句の下に置かれることになる。

父親ジムのそのような論理をもっと進めていけば、それは原初の理由にまでたどり着くだろう。この大地に植えられた最初のレモンにまで。もしこの世にレモンというものがなければ、そしてセーフウェイ・ストアというものがなければ、まだジムの息子は生きていただろう。違うか？　そしてハワード・シアーズにはまだちゃんと孫がいただろう。ごらんのとおり、この悲劇にはたくさんの人が絡んでいる。農夫がいて、摘み取りの労働者がいて、トラック運転手がいて、大きなセーフウェイ・ストアがあって……そう、それからもちろん父親ジムも、責任の一端を進んで担うつもりだ。彼こそはいちばん罪の重い人物なのだ。でもハワード・シアーズによれば、彼はまだ痛手から立ち直れずにいた。でもねえ、いつまでもそんな風にしていちゃいかんですよ。もちろん気持ちはわかります。でも、それにしてもです。

さほど前のことではないが、父親ジムの奥さんはこの町にある小さな木工教室に夫を通わせることにした。今では彼は熊やアザラシやフクロウやワシや鷗やら、そういったものを彫ろうとしている。でもどれかひとつの動物にうちこむということができない。だからいまだに何ひとつ完成させられないんですなとミスター・シアーズは憶測する。問題はですね、とハワード・シアーズは続ける、父親ジムが旋盤やら彫刻刀からふと顔を上げるたびに、子供の姿が目に浮かんじまうってことです。息子の死体が下流の水の中から現れ、上にのぼっていって——ちょうど魚を釣り上げるときの要領ですよ——くるくると輪を描いて回転しながら、モミの樹の遥か上にまで引っ張りあげられていくところがです。トングがその背中から突き出していた。それからヘリは向きをかえて轟音と、ぱたぱたぱたたというプロペラの音とともに上流に向かった。子供は川岸に並んだ捜索隊の人たちの頭上を通り越していった。その両手はだらんと広げられ、水滴をまわりに飛び散らせていた。子供はもう一度人々の頭上を通過した。前よりもっと近いところを。そしてほどなく子供は父親の前に運ばれ、その足元にこの上なく優しくそっと置かれた。息子の死体が金属製のはさみみたいなもので川からつまみ上げられ、頭上でぐるぐると回転させられるところを一部始終目にしたばかりの、いまは死ぬ以外に何も望まぬ男の、そのまさに足元に。しかし死を得るのは清らかなものだけだ。そして彼は、その清らかさを思うのだ。彼の人生が清らかさを受けていたときのことを。いまは失われたその人生を彼がまだ清らかに受け取っていたときのことを。

Lemonade

まさにダイアモンド

それはまことに見事な朝だった。太陽は明るく輝き、あちこちに見える真っ白な残雪の中にその光線を切り込ませていた。この大地に今まさに別れを告げげんとする雪は、まさにダイアモンドのように眩しく光っているので、とても正視することはできない。その隣では待ちかねたように秋蒔きのトウモロコシが緑の若芽を突き出していた。ミヤマ鴉たちは畑の上をいかにも悠々と漂っていた。鴉は空を舞い、地面に降り、何度かひょいひょいと跳ねてから、両足をしっかりとそこに据えることになる。

——アントン・チェーホフ『悪夢』

Such Diamonds

目覚めよ

場所はチューリッヒ州、キボルク城、
六月の午後おそく、礼拝堂の真下の部屋、
その地下牢の床に、
首切り台がずんぐりとうずくまり、隣には
鉄のガウンを身にまとった鉄の処女がいる。その
温和な顔にはとらえどころのない微かな笑みが浮かんでいる。もし
あなたがいったんその中に入ったなら、彼女は内側に尖らせた
鉄釘をあなたのからだにずぶりとつきたてることだろう。まるで悪魔のように、
まるでとり憑かれたもののように。「逃れるすべのない」と説明書きにある。
それに続く言葉は「——この抱擁」
　隅の方には拷問具が立っている。自らに求められた作業を不足なく、
またそれ以上にきちんと、疑問の声をあげることもなくこなしてきた、まるで夢の
ようなその装置。もしその犠牲者が、骨を一本また一本と折られて

いきながら、あまりにも早く苦痛のために気を失った場合には、拷問係の人間はバケツの水をかけて、手短に相手の目を覚まさせることにしていた。必要があれば、何度も目を覚まさせた。彼らは細心にして綿密、とにかく自分の職務に対して几帳面であったわけだ。

バケツはもうそこにはない。そのかわりに、部屋の片隅の壁には、古い桜材の十字架がかかっている。もちろん十字架にはキリストの受難像が彫られている、当たり前だけれど。拷問係だって所詮は生身の人間、そうですね？　それにひょっとしたら、最後の瞬間に彼らの犠牲者だって一条の光を目にするかもしれないではないか。あるいは悟りがはっと訪れたり、運命を受容しようとする気持ちが生まれて、もう形を失いかけたその心の中に注ぎ込むかもしれないではないか。「イエス・キリスト、我が救い主」

私はその首切り台をじっと見る。誰だって見るはずだ。誰だって。首さえ切られなければ、そこにちょっと首を載せてみたいと思うのは人情ではありませんか。その線の上に首を突き出しておいて、最後の瞬間にさっと引っこめるというのは。
人は誰しも心密かに、あらゆる経験を渇望するものではないでしょうか？
時間はもう遅い。地下牢の中には我々しかいない。
私と彼女、北極と南極しかいない。私は石の床に
ひざまずき、両手を背中にまわし、
台の上に首を置いてみる。そのどきどきする溝の中で、おそるおそる首を
前に出していくと、やがて浅いへこみに首がはまる。私は目を閉じて
息を吸い込む。大きく吸い込む。空気はなにかしら濃密になって、
そのまま食べてしまえそうなくらい。
しばしの静謐が訪れ、私の心はそのままふらふらとどこかに彷徨い出てしまいそうだ。
いい、目を覚ましてと彼女が言って、私は目を覚ます。後ろを向くと、
そこには彼女が立っていて、両腕を上に振りあげている。斧も見える。
彼女が持っているフリをしている斧も。それはあまりに重くて、
肩の上にまで持ち上げるのがやっとだ。冗談冗談、
と彼女は言う。そして腕を、想像上の斧を下におろし、にやっ
と笑う。もうちょっとここにいたいなと私は言う。あらためてもう一度、台の上に

うつ伏せになって、首をその
ぴかぴかの溝の中に置き、目を閉じてみる。心臓が少し
どきどきしている。祈りの言葉が喉の中で形づくられるいともまも
ない。彼女の突然の動きを耳にし、その言葉は未完のまま私の
唇からこぼれ落ちてしまう。彼女の手が鋭い楔のように私の頭蓋骨の付け根に
まっすぐ落ちたとき、私は自分の肉に触れる肉を感じる。私はがっくりと
首を傾け、まっさかさまに落ちゆく先がどこであるにせよ、
それがこの世の見おさめ、携えていくことのできる最後の
栄光にして恍惚。

もう起き上がっていいわよと彼女は言う。そして
私は起き上がる。膝を起こしてやっと立ち上がり、彼女を見る。
我々はどちらも笑ってはいない。体ががたがた震えているし、
我を失っている。やがて彼女は微笑み、私は彼女の腰に
手をまわし、光を求めて隣の廊下の方に歩いていく。それからより多くの
光を求めて、屋外に出ていく。青空の下へと。

Wake Up

医者は言った

彼は言ったこれはよくありませんね
彼は言ったこれはまずいですよ実にまずいな
彼は言った片方の肺だけでこいつが三十二個もあるんですよそれも
全部数えるのを途中であきらめたんですから
私は言ったそれでけっこうですよそこにあるものについて
私はもうそれ以上何も知りたくありません
彼は言ったあなたは信仰の深い方ですかあなたは森の木立の中で
ひざまずいて神に救いを求めますか
滝の前にやって来て
細かいしぶきが顔や腕にかかるような折に
ふと歩をとめて悟りを求めたりしますか
そういう経験はありませんと私は答えるでも今日からそうするようにしましょう
彼は言ったほんとうにお気の毒です

もっと違った結果をお伝えできたらどんなによかっただろうと思います
私はアーメンと言った彼は何か別のことを口にしたが
それは私には聞き取れないもう一度聞き返すのも悪いし
私としてもちゃんとわかりたいとは思わなかったから
これといって他にやることもないまま
私はしばらくのあいだじっと彼のことを見ていた
彼も私のことを見ていたそのとき私は
さっと立ち上がってその男と握手をしたのだこれまでこの地上で誰一人として
私にくれなかったものを今まさに私に手渡してくれた男の手を
私は彼に礼を言いかねないところだった習慣というのは恐ろしいものだ

What The Doctor Said

吠える

苦痛に悲鳴を発したり、大声で泣いたり、助けを呼んだり、一般に何かそういう声を発することを、ここではみんないっしょくたに「吠える」と称する。シベリアでは熊が吠えるだけではなくて、雀や鼠もまた吠えるのだ。「猫に捕まって吠えるのなんのって」と人々は鼠の話をする。

——アントン・チェーホフ『シベリヤの旅』

Let's Roar, Your Honor

プロポーズ

私は彼女に申し入れ、それから彼女は私に申し入れる。我々はお互いの頼みを
受け入れる。かけひきはない。十一年近く一緒に暮らしたから相手の胸の
うちは痛いほどよくわかっている。のばしのばしにしてきたことも、ようやく
機が熟した。今なら筋が通る。我々は薔薇の咲き乱れた庭園にでも
いるべきだ。あるいは少なくとも海に突き出した
美しい崖の上にでも。しかし
我々はカウチの上にいる。読みかけの本を膝に置いたまま、あるいは
古いベティー・デイヴィスの映画が
妖艶な白黒画面の中で繰り広げられるのを前に（背景の暖炉では炎が
まがまがしく踊り、彼女は可愛らしい銃身の短い回転拳銃を手に大理石の
階段を登っていく。かつての愛人を消す
ために。男にプレゼントされた毛皮のコートを彼女は肩にだらりと羽織っている。
ああ美しき、生死をかけた関係。かくも世界で

真実たること）、よくうとうと眠ってしまうそのカウチに。

数日前に、ちょっとしたことが判明した。自分たちのためにあると思い込んでいた将来の歳月がほんとうはないのだということが。医者は最後には、私があとに残していくはずの「なきがら」の話まで持ち出した。我々が涙と暗澹の帳の中に入ってしまうのをなんとか防ごうとして。「でもこの人は自分の人生を愛しているんです」という声を私は聞いた。彼女の声。若い医者は間髪を入れずに応じる。「わかっています。あなたはこれからそういった七つの段階を通り抜けねばなりません。しかし最後は受容に終わります」

そのあとで、我々はこれまでに入ったことのないカフェでランチを食べた。彼女はパストラミを、私はスープを注文した。たくさんの人々がそこでランチを食べていた。幸いなことに知った顔は見えなかった。我々は計画を立てなくてはならなかった。時間はまるで万力のように我々を締めあげ、永続的なるもののために場所をあけさせるべくぐいぐいと希望をしぼりだしていた。「永続的」という言葉を思うと私は大声で叫びだしたくなった。「おい、ここにはエジプト人でもいるのか?」と。

家に戻ると我々は互いにすがりあい、愁嘆場もなく誤魔化しもなく、その意味をとことん突き詰めることにした。こうなってしまったからには、隠し立てをするのは愚かだ。馬鹿げた無意味なことだ。いったいどれくらいの人間がここまでたどりつくのか?　ふと私はそう思った。ここからお祝いまではそんなに遠い距離じゃない。みんなで集まって、それぞれの友達を連れてきて、シャンペンやらペリエやらを回したりして。「リノだ」と私は言った。「リノに行って結婚しようぜ」リノではね、と私は彼女に言う、結婚再婚なんでもござれ、二十四時間営業、休みなしなんだよ。猶予期間なんてゼロ。「誓います」「誓います」それでおしまい。牧師に十ドル余分に払ったら、たぶんどこかで立会人だって調達してきてくれる。彼女もその手の話はいっぱい聞いた。離婚したあと結婚指輪をトラッキー川に投げ捨てて、十分後には別の相手と手に手をとってしずしずと祭壇に向かうらしい。彼女だってこの前の結婚指輪をアイリッシュ海に投げ捨てたんじゃなかったのか？　でも彼女は賛成する。リノはまさにうってつけの場所。彼女は私がバースで買ってやった緑のコットン・ドレスを持っている。それをクリーニングに出す。

これで準備完了。まるで正しい解答をきっちり見つけたみたいな感じだ。希望というものが消滅したあとに何が残されるかという質問に対する解答を。フェルト張りテーブルの上を転がるさいころのくぐもった音、かたかたかたかたというルーレットの回転音、スロット機械が夜の奥へとじゃらじゃら鳴り響き、そしてもう一度の、もう一度のチャンス。そして我々の予約したそのスイート。

慈しみ

窓から彼女の姿が見える。薔薇に向けて身をかがめ、トゲに指を刺されないように花に近いところを持っている。もう片方の手で彼女は切る。ちょっと間を置いてそして切る。そんなじぶん一人きりの彼女を私は見たことがない。今はもう顔を上げようともしない。彼女は薔薇の花と、私には口に出せない、想像することしかできない何かとともにいる。我々の遅ればせの結婚式に与えられたそれらの花木の名前を私は知っている。愛、栄誉、慈しみ——この最後のものは、彼女が私に突然差し出す薔薇だ。私の知らないうちに彼女は家の中に入っていた。私はそれに鼻をくっつけて、甘い香りを吸う。からだにしみ込ませる。約束の香り、宝物の香りを。彼女の手首に手を置いてこちらに引き寄せる。川苔のような緑のその瞳。来るべきものに抗うように、その言葉をいま口に出してみる、妻。まだそれができるうちに、私の息が、あわただしい花びらの一枚一枚がまだ彼女を見出せるうちに。

Cherish

GRAVY

考えてみれば、これ以上に相応しい言葉はどこにもない。この
十年の歳月、それはまさにGRAVYそのものだった。
生きていて、しらふで、働いて、愛して、そして
素敵な女に愛されること。十一年
前に彼はこう言われた。この調子で進んだら
せいぜいあと半年の命ですよと。進む先には
破滅あるのみ。それで彼はなんとか
生き方を変えた。酒を断ったのだ！　そしてどうなったか？
そのあとは何もかもが、その一分一秒にいたるまでが、GRAVY
だった。彼のからだのどこかがまずくなって、頭の中に何かが
生じていると告げられたその瞬間をも、そう、それも
含めてだ。「僕のために泣いたりしないでくれよ」
と彼は友人たちに言った。「僕は幸運な男だ。

まわりのみんなが、あるいは自分が予想してたより十年も長く生きたんだもの。実にＧＲＡＶＹじゃないか。そのこと、覚えておいてくれよな」

（訳注）ＧＲＡＶＹはもともと肉汁のことですが、日本語でいういわゆる「甘い汁」という感じでもよく使われます。日本語の「甘い汁」はだいたいいつもネガティヴな意味あいで使われるわけですが、この詩の場合は、お読みになってもわかるように、ポジティヴな意味あいで使用されており、辞書的に説明すれば「滋養豊かで、内容があって、おいしくて、とろっとして、えも言われぬ」という感じになると思います。一言ではなかなか言い表せない言葉だし、この詩ではＧＲＡＶＹという音色や、それが喚起する具体的イメージがとても大事な役を果たしているので、あえて原語のまま残しました。

Gravy

いらない

テーブルに空席が見える。
誰の席だ？　決まってるよね。つまらないことは言うまい。
船が待っている。オールもいらないし、
風もいらない。キイはいつものところに
置いてきたよ。どこだかわかるよね？
僕のこと、僕らが一緒にやったこと、みんな覚えていてくれ。
さあ、強く抱きしめてくれ。そうだよ、唇にしっかりと
キスしてくれ。さあ、僕はもうそろそろ
行かなくちゃ。もう出ていく時間だ。
この世では、僕らはもう二度と会うことはない。
だから、さよならのキスをしよう。
もう一回。それでいいよ。それでもう十分。
さあ、僕はもうほんとうに行かなくては。

旅路に向かうとき、がやってきたんだよ。

大枝の向こうに

窓の下のデッキに、ぼさぼさ鳥たちが集まって餌をついばんでいる。たぶん、毎日やってきて餌を食べ、いさかいをする常連の鳥たちだ。昔は《タイム・ウォズ》、昔は《タイム・ウォズ》（Time was, time was）と彼らは叫び、つつきあう。そうだ、そろそろそのとき《タイム》だな。空は一日どんよりと曇っている。西からの風はいつまでも吹きやまない……。ちょっとのあいだ君の手を握らせてくれ。僕の手を握ってほしい。そう、それでいい。強く握りしめてくれ。昔は僕らも時間は自分たちの味方だと、思っていたんだけれどね。昔は、昔はとぼさぼさ鳥たちは叫んでいる。

Through The Boughs

残光

黄昏が訪れる。その前には雨がちょっと
降った。君は引き出しの中にその
男の写真を見つける。彼に残された時間はあと
二年なのだが、むろん本人は知らない。
だからこそ、カメラに向かって表情を作ったりできるのだ。
自分の頭のなかに何が根を下ろそうとしているかなんて
彼にはわかりっこない。大枝と樹の幹の向こうにじっと
目をこらしたなら、そこには
まだらに浮かぶ真紅の残光が見える。影もなく、
陰影もない。それは静かで、じっとりと湿っている……
男は表情を作りつづけている。私は他の写真といっしょに
その写真をもとに戻して、
そのかわりに、遥か遠くの稜線の残光に、庭に咲いた

薔薇を照らす淡い金色に、意識を集中させる。
それから私はどうしても我慢しきれなくなって、またちらっと写真を見てしまう。ウィンク、大きな微笑み、気取って斜《はす》にくわえた、煙草。

After-Glow

おしまいの断片

たとえそれでも、君はやっぱり思うのかな、
この人生における望みは果たしたと？
果たしたとも。
それで、君はいったい何を望んだのだろう？
それは、自らを愛されるものと呼ぶこと、自らをこの世界にあって
愛されるものと感じること。

LATE FRAGMENT

And did you get what
you wanted from this life, even so ?
I did.
And what did you want ?
To call myself beloved, to feel myself
beloved on the earth.

解　題

村上春樹

『滝への新しい小径』はカーヴァーの死後、一九八九年六月にアトランティック・マンスリー・プレス社より発売された。本書はレイ・カーヴァーの最後の詩集であり、また彼にとっての遺作となった。カーヴァーはその人生に残されたわずかな貴重な日々を、短篇小説の執筆にではなく、これらの詩作に心血を注ぎながら送ることになった。文字どおり生命の最後の力を振り絞ってこの詩集を完成させたのである。この詩集の成立過程については、冒頭に収められた、夫人でありパートナーであるテス・ギャラガーの手による詳細な「イントロダクション」をお読みいただきたいと思う。心のこもったまことに素晴らしい文章であり、そこには彼らがほとんど「俗世」を離れるようにして二人きりで送った最後の歳月についてのすべてが記されている。もしテスというパートナーの存在がなかったなら、レイ・カーヴァーがこのようなかたちで生命の最後の露の味わいを書き残すことはおそらく不可能だっただろうし、そのような文学的・人間的静けさを彼が最晩年に手にすることができたことを僕はやはり祝福したいと思う。

　カーヴァーが何故、人生に残された最後の力を小説にではなく、詩作に振り向けたかということについてはいくつかの説明が可能であると思うが、やはりいちばん大きいのは、彼の当時の健康状態が、何週間にもわたる継続的な集中力を要求する短篇小説の執筆作業よりは、調子の良い時期を見計らって短い息継ぎでヒットエンドラン的にこなしていくことのできる詩作の方に適していたということだろう。これはかなり現実的に大きな要因であったのではないか。

　しかしそれだけではない。同時に、残された時間がだんだん少なくなり、状況が切迫するにしたがって、カーヴァーは自分の魂を語るためのヴィークルとして散文よりは韻文の方をより強く切実に必要としたのではないかと推察する。こういう荒っぽい言い方を許していただけるなら、散文＝小説は彼にとってはもはや「まだるっこしかった」のではないだろうか。ストーリーの展開やら、人物設定やら、情景描写やら、会話やら、いちいちそんなことをしている暇はもう自分にはない、もっと短い分量で、もっとピュアな文章でその場その場で簡潔に自分を表していくしかないんだという心境に彼は至ったのではないだろうか。小説というのは、時間のある人間のためのものなのだ。一ヵ月先、半年先、一年先、二年先のことを計算できる人間が携わるべきものなのだ。

ここに収められた詩の中には、元気なレイモンド・カーヴァーであれば短篇小説のためにとっておいたのではないかと推察できるいくつかの「美味しい」ストーリーがある。たとえば『かろうじて』の蜂殺しの奇妙な二人組の話がそうだ。『不埒な鰻』だってディテイルを膨らましていけばずいぶん面白い話になるだろう。『レモネード』、これは間違いなく見事な短篇になる。あるいはこれは僕自身が小説家であり、カーヴァーの書く短篇小説に長い年月にわたって強い思い入れをもってきた人間だからかもしれないが、正直に言ってそれらの詩を読むと、「これは素晴らしい詩だ」と素直に感心すると同時に、心の底で「でももったいないよな」とも思ってしまうのだ。彼の詩のファンには申し訳ないが、もうちょっと長生きしてこれを短篇小説にしておいてくれていたらなあと、つい不埒に考えてしまうのだ。もし仮にレイ・カーヴァーが生きていたら、「いや、君はそう言うかもしれないけれど、これは最初から詩にしかならなかった話なんだよ」と笑って言うかもしれない。しかし、これはあくまで僕の個人的な憶測に過ぎないのだけれど、やはり彼には現実的に時間がなかったのだと思う。そしてまたそれを小説という領域に運び込むための体力もなかったのだと思う。でももちろん、僕はそれらの物語を詩というかたちにこねあげてくれたことに対して、レイ・カーヴァーに深く感謝しているし、そこには小説のかたちでは表せなかったはずの何かが確実にあることも認める。

もちろんそのようなストーリー性のある詩ばかりではない。本書にはもっと象徴的で、もっとメッセージ性の強い作品も数多く収められている。いくつかの例外はあるものの、原則的には年代順に作品が並べられているわけだが、お読みになっていただければわかるように、最後に近くなるにしたがって――つまり死期が刻々と近づいてくるにしたがって――その作風は驚くほどシンプルになり、技巧を排し直截的になり(それらのうちのあるものは僕に晩年のピカソのスケッチを想起させる)、ある場合にはほとんど宗教的な香りさえ漂わせるようになる。

たとえば『GRAVY』における手放しの自己告白は、レイ・カーヴァーの緻密に構築された小説世界に馴染んできた読者の何人かを戸惑わせるかもしれない。それはとりあえず詩という形態をとっているものの、作者とその言葉は、すでに詩や韻文という枠組みを越えた領域にまで足を踏み入れているように僕には感じられる。それは一種のフラグメントであり、ある場合には引き伸ばされ、改行された呟きであり、思考であり、告白である。『いらない』もそうだし、巻末の一篇『おしまいの断片』はわざわざ断るまでもなく文字どおりの断片《フラグメント》だ。『慈しみ』における、妻のテスに対す

る深い愛情のあくまで素直な発露は、小説におけるカーヴァーのプロフェッショナル
的な冷徹さ痛切さとはかなり遠く離れた場所にあると言ってもいいだろう。
それらの作品群を文学的にどのように捉え評価するかというのは読者ひとりひとり
に委ねられた作業だろうし、またしかるべき時間を要する作業だろう。しかしただひ
とつ確実に言えるのは、そこはレイモンド・カーヴァーが五十年の人生の最後にたど
り着いた場所だったということだ。そこは彼が自ら求めて来た場所ではなかったけれ
ど、好むと好まざるとにかかわらず、彼はそこに跪いて自分の人生の最終的な意味を
掬《すく》い上げないわけにはいかなかった。それが彼に残された唯一の場所であったからだ。
彼にはそれ以外の状況を選び取ることができなかったからだ。

最終章に収められた『プロポーズ』から最後の『おしまいの断片』までに並んだ一
連の詩（あるいは詩に似たもの）を読むことは、僕には正直言ってかなり辛かったし、
また今でも辛い。その場所で彼の魂が目にしている情景は、もうすでに批評や分析を
越えたものである。彼の魂と、その魂が見ている情景のあいだには、その表現と対象
とのあいだには、もはや明快な区分というものがない。彼の魂はそれらの情景をその
ままのかたちで静かに飲み込んでしまっている。そしてもっと大きなものが、その背
後から彼の魂をそっと静かに飲み込んでいく。読者はその光景を、彼の語る言葉を通

してはっきりと目撃することになる。

「この葬儀屋はそのような立場に置かれた人々の恐怖を静めることのできる人なのです。それを増長させたりはしません」とチェーホフ夫人オリガはボーイに言う（短篇『使い走り』）。彼女はボーイに向かって死の作法を伝授しているのだ。「ずっと昔に彼はさまざまな様相と形態を持った死の姿を残らず見てしまいました。だからもうどのような死も彼を驚かせたりはしません。そこにはもうどんな秘密も隠されてはいません。今朝、私が求めているのはこのような人物によってなされる処置なのです」

「部屋はこのままにしておいて構いません。用意はもうできています。いつでも発てます。さあもう行きなさい」

レイモンド・カーヴァーはそのように去っていった。そしてそこにはどのような秘密も隠されていない。彼の最後のいくつかの詩に、どのような文学的秘密も隠されていないのと同じように。

本書には『象／滝への新しい小径』（レイモンド・カーヴァー全集　第六巻　一九九四年三月　中央公論社刊）より、詩集『滝への新しい小径』と解題の一部を収録しました。

（編集部）

装幀・カバー写真　和田　誠

村上春樹《むらかみはるき》 翻訳《ほんやく》ライブラリー

滝《たき》への新《あたら》しい小径《こみち》

2009年 1月10日　初版発行
2018年11月30日　再版発行

訳　者　村上《むらかみ》 春樹《はるき》
著　者　レイモンド・カーヴァー
発行者　松田 陽三
発行所　中央公論新社
〒100-8152 東京都千代田区大手町1-7-1
電話　販売部 03(5299)1730
　　　編集部 03(5299)1740
URL http://www.chuko.co.jp/

印　刷　三晃印刷　　製　本　小泉製本

Published by CHUOKORON-SHINSHA, INC.
Printed in Japan　ISBN978-4-12-403513-1 C0097
定価はカバーに表示してあります。
落丁本・乱丁本はお手数ですが小社販売部宛お送り下さい。
送料小社負担にてお取り替えいたします。